AF244298

Gaetano Antonino Stancanelli

IL TESORO DELLA FENICE

Collana Heloquence N° 6
Valutazione e Redazione:
Capone, Aprile, Citterio, Salidu
Editing - Irene Salidu
Progetto grafico & Copertina a cura di Grazia Velvet Capone

Alla mia città che mi ha ispirato con la sua storia permettendomi di scrivere un romanzo attorno alle vicende passate.

Ad Aurea Nox che ha creduto in me.

Eloquence

Prologo

Anno del signore 240. Da qualche parte sulla costa, presso un'isola a nord dell'equatore

Una figura dai lineamenti sinuosi, minuta e gracilina, corre disperata verso il mare. Porta con sé una bottiglia d'acquavite, contenente una pergamena chiusa da un sigillo misterioso.

Sa che deve sbrigarsi ad arrivare fino alla costa e lanciare il più lontano possibile l'oggetto. Perché l'uomo che la insegue vuole impadronirsene e usare per scopi malvagi le informazioni celate al suo interno. La sta raggiungendo, non si farà scrupoli per ottenerle, ma lei non può permettere che cada nelle mani sbagliate.

Gli inseguitori sono alle sue spalle, ne scorge le torce dietro di sé. Sono in tre, si avvicinano molto rapidamente. Ne sente le voci, la spingono a fermare la sua disperata corsa.

«Ehi ragazzina!», la ammonisce uno di loro, «fermati, non vogliamo farti del male!» Lei corre a perdifiato e senza voltarsi. Sa che il destino della sua terra dipende da lei. Deve fare in fretta, per onorare l'ultimo desiderio del padre, torturato non appena quegli uomini irruppero in casa loro, seviziato allo scopo di sapere, di fargli svelare dove si trovasse il documento.

«Figlia mia, corri e gettala in mare». Le disse, prima che fosse preso e portato alle torture.

«Piccola, sono io!», una voce la richiamava, «l'abate Asmundo, che t'ha battezzato nel nome del Signore. Non aver paura». Una voce apparentemente amichevole.

«Andate via, avete ucciso mio padre!», pianse lei a denti stretti.

«Tuo padre era un adulatore del Diavolo! Abbiamo dovuto

ucciderlo, per il bene della comunità. Avrebbe passato il seme del maligno a tutti noi». *La voce dell'abate si faceva sempre più vicina.*

«Siete un bugiardo!» *esclamò la bambina, in bilico tra la terra e il mare. Era arrivata allo stremo delle forze fino alla costa, a un passo dall'abisso, dove le onde s'infrangevano sugli scogli. Pronta per l'ultima mossa: lanciare la bottiglia e il suo contenuto in fondo al mare, con la speranza che la maledizione andasse via dalla sua terra e dalla sua vita. Per sempre.*

«Su piccola, consegnami la bottiglia. Ti prometto che andrà tutto bene», *la tranquillizzò il priore avvicinandosi a lei con tutta la calma possibile. L'abate era un uomo alto e corpulento, di mezza età, con i capelli completamente bianchi. Indossava un saio e dei calzari finemente ricamati.*

«Mai!» *gridò lei.*

Era piccola e minuta, aveva dieci anni appena, i suoi capelli erano lunghi e biondi, le vesti logore. I piedi nudi erano dolenti per la corsa appena fatta. Abbracciava a sé la bottiglia consegnatale dal padre, sperando di portarla il più lontano possibile da quell'uomo, che si faceva chiamare Asmundo, l'abate Asmundo, che l'aveva battezzata nel nome del Signore; lo stesso abate che pochi minuti prima aveva ucciso suo padre per impadronirsi del fiasco contenente un mistero, un segreto che avrebbe messo in ginocchio lei e la sua terra. Quell'uomo era un lupo travestito da pecorella smarrita.

«Avvicinatevi, e la bottiglia farà un volo di cento piedi, giù nell'abisso!». *Dichiarò lei con sicurezza.*

«Se lo farete, brucerete all'inferno», *rispose lui con fare caritatevole, mentre andava avanti verso di lei.*

La piccola indietreggiò, fino all'orlo del precipizio. Sotto, le onde luccicavano al chiaro di luna. Stese la mano reggendo il fiasco con solo due dita, minacciando di gettarla giù.

«Un altro passo, e non vedrete più la pergamena!», *proclamò con convinzione*, «a costo della mia stessa vita, anche se dovessi bruciare tra le fiamme dell'inferno!».

L'uomo non diete peso alle ultime parole della ragazzina. Fece un altro passo verso di lei. «Sciocca di una mocciosa!», *parlò Asmundo*, «credi davvero che m'importi della tua vita? Io voglio solo la bottiglia e il suo contenuto».

Si scagliò contro la piccola. La ragazzina chiuse gli occhi, lasciandosi andare giù nel baratro, portando con sé la bottiglia e i tormenti che conteneva.

Non riuscì nell'intento. Una delle guardie la prese appena in tempo, trattenendola per una caviglia. Tratta in salvo, la immobilizzò e la consegnò all'abate.

«Piccola scorbutica lingua lunga, dov'è la bottiglia?» *Il tono di voce del religioso si fece altroché caritatevole.*

«Consegnatemela immediatamente!» *le intimò*, «sennò soffrirete come vostro padre».

«Non l'ho più», *rispose beffarda la piccola, mostrando le mani vuote.* «L'ho lasciata andare giù, non appena il vostro servo mi ha afferrata. La troverete in fondo al mare, insieme alle vostre brame di potere. Non diverrete mai padrone di questa città, senza quelle carte». *Asmundo si fece prendere dall'ira, strinse il braccio della poveretta.*

«Brutta mocciosa, passerete il resto della vostra vita segregata nei sotterranei della cattedrale, subendo le torture più ignobili».

Così dicendo, la portò via.

Quella fu l'ultima volta che la bambina vide il mare, la luna e la lingua di fuoco che squarciava il buio della notte.

L'ultima volta, prima di essere portata dove la luce del sole mai più avrebbe riscaldato la sua pelle candida.

Nell'oscurità eterna.

PARTE PRIMA
L'ISOLA MISTERIOSA

Capitolo 1

Fine del XVII secolo

Al largo del mar della Norvegia

Una galea di medie dimensioni, malridotta, con l'albero maestro distrutto e squarci lungo le fiancate, navigava a stento verso la costa.

«Capitano Rastaban!»

Una voce squarciava il silenzio nell'oscurità.

«Capitano…!», insisteva la voce.

Passarono alcuni secondi, prima di ricevere risposta.

«Che vuoi a quest'ora della notte?». Si sentì rispondere da una posizione non definita.

«Veramente signore», riprese la voce, «sono le tre del pomeriggio».

«Va bene» tagliò il capitano «dimmi solo che succede».

Smilzo, questo era il suo nome, o quello che gli avevano dato fin da bambino, riprese la parola: «Terra in vista signore. Siamo finalmente tornati a casa». Il capitano, ancora preso dal sonno, si alzò pesantemente. Aprì la piccola finestrella della sua cabina dormitorio e vide di fronte a sé un paesaggio familiare: basse colline, con delle casupole color salmone e al centro, una chiesa completamente bianca, dal campanile alto.

A sinistra, un faro vetusto, che sembrava sfidare madre natura. Il capitano era un uomo alto circa due metri, di corporatura enorme. I suoi capelli castani sembravano un tutt'uno con la barba scura. Si girò verso l'omuncolo che lo aveva destato dal suo sonno.

«Ammaina le vele, prepariamoci ad attraccare».

Il nano era alto appena un metro e trenta, aveva foggia da marinaio, una bandana rossa per copricapo e una piccola sciabola foderata dietro le spalle. Con espressione preoccupata osservò:

«Capitano, non abbiamo più le vele, l'albero maestro è andato distrutto. Non ricordate?».

«Cosa?» Strombazzò il comandante «com'è successo?».

Il nano, ancora più preoccupato, raccontò: «La battaglia contro il nemico, rammentate? Per poco non ci mandava a fondo».

Il capitano si lasciò cadere su uno sgabello.

«Sì, adesso ricordo» affermò «quel maledetto si è preso gioco di me. Un giorno me la pagherà».

Guardò ancora una volta fuori. Il porto si avvicinava.

Capitolo 2 La locanda del marinaio

Dei loschi individui sedevano a un tavolo, intenti a bere del buon vino. La locanda sembrava, verosimilmente, un covo di ladroni e imbroglioni. Tutti giocavano d'azzardo, vinceva solo il più furbo nell'inganno. Spesso, il malcapitato che si accorgeva dell'imbroglio, veniva malmenato all'istante.

«Un altro boccale di vino!» Urlò uno degli uomini seduto in fondo alla sala, a una cameriera molto in carne. Guardava dalla finestra, il mercato con tutto il suo viavai di gente che vendeva e comprava.

«Amico mio» enunciò rivolgendosi al compagno di fronte a sé «dobbiamo tornare in mare, a cercare navi da depredare. Questa volta, però, voglio creare un equipaggio come si deve. Noi due non possiamo farcela da soli, l'ultima volta ci stavamo rimettendo la pelle».

«C'è mancato davvero poco» confermò l'altro, scolandosi l'ultimo sorso di vino rimasto.

«Dove troviamo la gente, pronta a partire all'avventura?» Aggiunse.

«Perché pensi ti abbia portato in questa topaia?» Si sentì rispondere.

«Qui troveremo quello che ci serve».

«Qui? Io vedo solo imbroglioni e perditempo». Disse l'amico.

«Lascia stare i perditempo, che non piacciono neanche a me», ribatté l'altro.

«Guarda quello invece», indicò un tizio di carnagione scura, magro e con i capelli color della cenere. Il tipo in questione si dilettava, o meglio, imbrogliava col gioco delle tre carte. «Io dico che oltre ad essere un baro, è anche un abile spadaccino. Scommetti due monete d'argento che lo scoprono e se la squaglia col malloppo?»

«Ecco il vostro vino signori». La cameriera di ritorno dalla cucina, era arrivata con una caraffa traboccante del miglior vino che la taverna potesse dare.

«Era ora, stavo per morire di sete!» Inveì il più basso dei due.

«Mi scusi signore, oggi c'è più confusione del solito e…»

«Perdoni il mio amico» prese la parola l'altro «è una vecchia spugna, non sa resistere al buon vino. Mi dica piuttosto, come si chiama quel tizio con i capelli argentei?» Indicò, senza farsi notare più di tanto, l'uomo intento a spennare il pollo di turno.

«Signore» proferì la donna «nessuno sa il suo vero nome, ma qui la gente lo chiama "*Zala*"».

"*Zala*" ripeté nella sua mente.

«Perché lo chiamano così?» Domandò incuriosito.

«Perché!?» la donna abbassò il tono di voce «Pare che scompaia come un'ombra nell'oscurità, quando la gente ignara scopre di essere stata truffata". Non ci fu neanche il tempo di formulare la domanda successiva, che il frastuono di sedie gettate in terra attirò l'attenzione di tutti gli ospiti della locanda.

«Ladro, furfante!» Gridò un tale dirigendosi verso chi l'aveva truffato, brandendo un bastone. Il baro, con estrema agilità, prese il bottino dirigendosi verso l'uscita dileguandosi nel nulla, come un'ombra nel buio. Proprio come aveva predetto la cameriera.

«Quel farabutto è quello che fa al caso nostro» disse all'amico «voglio che lo rintracci, convincilo a unirsi a noi. A tutti i costi».

«E come lo avvicino? Hai visto con che velocità si è dileguato?» Obiettò il compagno.

«Tieni d'occhio la locanda per qualche giorno, alla fine si rifarà vivo».

Capitolo 3 Il mercato

Rastaban passò da una postazione all'altra, alla ricerca di qualcosa di utile. Per le vie del mercato incrociava solamente conciapelli, sarti e tessitori di ogni genere.

"Niente d'interessante", pensava con aria annoiata, "non ci sono più i mercati di un tempo". Svoltò per un vicolo male odorante, con l'intenzione di svincolarsi da quella marmaglia, quando, arrivato presso un incrocio, un losco figuro gli sbarrò la strada.

«Buongiorno sire» esordì questo «volete acquistare oggetti in grado di risolvere qualsiasi tipo di problemi?»

Aprì il mantello, rivelando ogni sorta di strani manufatti. Il venditore rifilava oggetti mai visti: ampolle, contenenti liquidi di diversi colori, amuleti con simboli arcaici ai quali attribuiva chissà quali poteri, pergamene vergate in lingue antiche, teschi di animali con impresse figure demoniache. Il mercante, un individuo di media altezza con due iridi scintillanti, magro, dal naso corvino e un'orrenda cicatrice che gli segnava la gota sinistra fin sotto il mento, fissava Rastaban con insistenza. Sembrava un tipo molto ambiguo, agli occhi del capitano, che rimase a fissare la luce emanata dalle sue iridi.

«Visto qualcosa che le ha stimolato la fantasia?» Domandò impaziente il venditore». Proseguì decantando le lodi della merce:

«Abbiamo incantesimi e amuleti porta fortuna, pozioni in grato di assuefare le persone al vostro piacimento». Agguantò una fiala, contenente un liquido rosa.
«Questo, signore, farà cadere la donna della vostra vita tra le vostre braccia. Bastano poche gocce, miscelate a una bevanda, per farla innamorare perdutamente». «Non sono interessato». Informò Rastaban provando a divincolarsi.

«Allora, ha bisogno di diffondere delle maledizioni contro i suoi nemici?» Insisteva il mercante mostrando un teschio di scimmia, con inciso un demone dai denti aguzzi.

«Con questo, tutti i suoi nemici incomberanno in orrende malattie. Basta polverizzarlo e…»

«Non sono interessato a queste cose» ripeté «sono solo incuriosito».

Il capitano stava quasi per andarsene, quando il mercante gli si parò davanti una seconda volta, richiamando la sua attenzione.

«Aspettate! Ho qualcosa che potrebbe interessarvi, venite a vedere».

Rastaban si avvicinò, incuriosito da quello che aveva da mostrare lo strano individuo.

Il tizio dalla faccia deturpata prese da una tasca una bottiglia d'acquavite molto antica.

All'interno c'era un documento, legato da un nastro e sigillato da una marcatura. Alla vista dell'oggetto il pirata rimase a bocca aperta.

"Che mi venga un colpo!". Esclamò dentro di sé. "Non può essere vero, deve essere una burla. Per forza".

«Posso vederlo più da vicino?» Domandò incredulo.

«Mi dispiace». Replicò il mercante facendo scomparire l'oggetto. «Solo se lo comprerete, potete toccarlo. Troppi furti ho subito, con la scusa di far vedere la merce da vicino. Cercate di comprendere».

«Come vi chiamate?» Chiese il capitano.

«Mi chiamo Cornelius» rispose l'individuo dagli occhi scintillanti.

Rastaban lo guardò ancora una volta, quel viso non gli era del tutto estraneo.

«Chi vi ha dato quella bottiglia?»

«Non rivelo mai informazioni sui miei fornitori».

«Cornelius, quanti denari mi chiedete per quell'oggetto?»

Il venditore osservò ancora una volta la bottiglia pensieroso, come per far capire che non voleva separarsene facilmente. Rastaban lo guardava impaziente, in attesa di una risposta. Il tempo sembrava non passare, poi, finalmente, il mercante si espresse: «Diciamo che, per l'antichità di almeno mille anni, e il potere che potrebbe contenere il documento all'interno...» Ci pensò ancora.

Al capitano tutta quell'attesa parve un'enorme perdita di tempo, che lo spinse a usare parole più dure del solito.

«Quindi? Ho fretta! Non mi va giocare» si spazientì «domani mi rimetterò in viaggio, ho bisogno di fare altre compere».

«Scusate la mia noncuranza signore».

Cornelius sembrava impassibile alle parole aggressive del probabile compratore.

«L'articolo in questione ha un valore di tre monete d'argento» finì per dire con estrema calma.

«Tre monete d'argento?» Sbraitò Rastaban.

«È un furto, non intendo pagare una tale cifra per un vecchio pezzo di carta in bottiglia». «Come volete voi» disse stizzito il mercante «d'altronde, il suo contenuto potrebbe valere anche di più. Magari cela una formula per diventare ricchi, o l'atto di possessione di una grande città».

Quelle parole bloccarono il capitano, un viaggio dentro la sua mente fece scattare qualcosa, un ricordo che aveva rimosso, per chissà quale motivo.

Fece marcia indietro, mettendo mano alla scarsella, tirando fuori tre *Daler* d'argento.

«Ripeto che questo è un furto». Mise i denari sulla mano del mercante «datemi quella bottiglia e non parliamone più».

Il mercante accettò le monete, facendole scomparire in una tasca invisibile del mantello.

«Ecco a voi signore» allungò le braccia passando l'oggetto al compratore «è tutto vostro».

Rastaban prese la fiasca andandosene senza salutare.

Ancora non credeva ai suoi occhi.

Uscì dal mercato, diretto verso il porto.

Nello stesso momento il mercante dal naso adunco si affrettava a chiudere la sua attività, per poi svanire tra la gente, soddisfatto della vendita.

Capitolo 4 La locanda del marinaio

Passarono tre giorni, ma il tizio dai capelli bianco-cenere non si era più fatto vivo. La pazienza cominciava a venir meno.

«*Tieni d'occhio la taverna*» borbottava il nano «*alla fine si farà vivo, dice lui*».

«*Convincilo a unirsi a noi*» ripeteva a bassa voce.

«Che tu sia maledetto. Son giorni che sto qui senza ottenere nulla, quello non torna più, magari l'hanno ammazzato. Avrà cambiato città o chissà dov'è andato a nascondersi».

Un brusco rumore, proveniente dall'interno, lo destò dai suoi pensieri.

Sembravano sedie fracassate.

Al rumore si aggiunsero urla di minacce.

Un uomo uscì dalla porta principale correndo.

«È lui!» Esclamò il piccolo uomo vedendo l'individuo dai capelli chiari uscire di corsa e dirigendosi verso una via completamente buia.

"Questa volta non mi sfuggi", pensò.

Ma l'attenzione dei suoi occhi ricadde sul terreno: *Zala* aveva perso qualcosa.

Era una carta da gioco, precisamente un *"Re di cuori"*.

La raccolse, capendo come quel furfante raggirava gli ignari allocchi.

Ripose la carta in una tasca e continuò l'inseguimento.

Lo rintracciò in fondo la via, vedendolo svoltare a destra.

Arrivò all'angolo, certo di ritrovarlo, ma non fu così.

Era svanito nel nulla, proprio come aveva detto la cameriera giorni prima.

«Come ha fatto? Ero sicuro di averlo visto deviare per di qua» si domandò fermandosi a riprendere fiato.

Si guardò attorno, alla ricerca di un indizio, ma… niente.

Era sparito nel nulla, in quel vicolo semibuio.

Un tocco alla spalla lo fece trasalire. Presto si accorse di non essere solo.

Delle ombre si aggiravano attorno a lui. Si muovevano in cerchio. Sembravano avvicinarsi sempre più.

Uno, due, tre… non riusciva a capire quante fossero.

Improvvisamente una di loro lo aggredì alle spalle, puntandogli una lama alla gola.

«Cerchi rogne, amico?»

Il poveretto, quasi facendosela sotto dalla paura balbettò: «No, "amico", cerco un uomo».

«Che uomo?»

Chiese la sagoma, mantenendo lo stiletto stretto al collo del povero malcapitato. Era pronto a sgozzarlo.

«Qui non vogliamo quel genere di persone» chiarì.

«Mi fraintendete» obiettò il nano sempre più impaurito.

«Cerco un tizio che si fa chiamare Zala, visita spesso la locanda qui in piazza. Ho una proposta da fargli e…»

«Che proposta?» incalzò la sagoma «arrivate al dunque, se non volete fare la fine dell'agnellino sgozzato».

Il poveruomo, ormai dominato dal panico, balbettò:

«Una proposta di lavoro. Il mio capitano vorrebbe formare una sorta di equipaggio, per poi navigare per i mari alla ricerca di fortuna».

«Come si chiama il tuo capo?» domandò incuriosito l'assalitore.

«Rastaban! Il suo nome è Rastaban». Farfugliò Smilzo, sentendo sempre più pressione alla gola.

Capitolo 5 Il porto

I lavori al veliero proseguivano a rilento. I danni erano enormi e a ogni riparazione si susseguivano altri danni. Il capitano guardava dal ponte superiore gli addetti ai lavori che si trovavano in basso. Apportavano modifiche a tribordo. Sperava di salpare entro due giorni, massimo tre e contava di avere le persone adatte prima della partenza. Desiderava vedere Smilzo insieme a quel tizio, Zala, felice di unirsi a loro. Inaspettatamente, una forte vibrazione lo sorprese.
Per non finire faccia a terra nel capitombolare, provò ad afferrare delle casse davanti a sé. Mancò la presa, urtando pesantemente le casse. Finita la scossa e lo smarrimento, Rastaban riacquistò l'equilibrio, per poi affacciarsi e chiedere spiegazioni agli addetti ai lavori di sotto.

«Ehi voi, lì sotto. Che state combinando? non distruggetemi la nave».

«Non è colpa nostra sire», si sentì la voce del mastro falegname.

«C'è stata una scossa di terremoto».

«Un terremoto?» replicò preoccupato il capitano.

«Si signore, speriamo non abbia provocato nuovi danni. Voi come state?»

«Qui tutto bene». Fece cenno con la mano, poi svanì oltre il parapetto. Nel riprendere i propri passi, i calzari calpestarono dei frammenti di vetro. Guardando in terra vide il fiasco ridotto in mille pezzi. Scansò quel che ne rimase, raccogliendo il documento che era stato al suo interno.
Il sigillo era spezzato.
«È caduta durante il terremoto» affermò «tanto vale dare uno sguardo».

Capitolo 6 **Per le vie della città**

«Non è questa la strada per il porto» ripeteva per l'ennesima volta il nano, legato e trasportato in spalla come un capretto pronto per il macello. Si chiedeva perché tanta crudeltà nei suoi confronti.

«Statti zitto» lo ammonì Zala.

«Prima di andare dal tuo capo, devo sbrigare alcune cose».

Il piccolo uomo ignorò quell'avvertimento: «Perché mi hai legato in questo modo? Non ti bastava legarmi solo i polsi?»

«Non mi fido dei mezzi uomini come te. Adesso smettila di parlare! Questa è l'ultima volta che te lo ripeto».

Stavano percorrendo una via poco illuminata, se non per i pochi focolai accesi per riscaldare le ossa infreddolite dal gelo dalla povera gente che l'abitava. Ormai dicembre era al termine e il freddo in Norvegia cominciava a farsi sentire. Le case di quella porzione della città, dove la gente faceva a botte per un tozzo di pane, erano delle baracche fatiscenti.

I ragazzini giocavano in cerchio, attorno a un focolare improvvisato, intonando un canto bislacco. Al passaggio dei due individui, le piccole canaglie andarono a nascondersi nella semioscurità, da dove spiavano intimoriti. A Smilzo tutto quello parve molto triste e raccapricciante. La gente lo vedeva come una minaccia, pronta a farlo a brandelli per darlo in pasto ai cani.

Sperava di passare in fretta quel luogo abbandonato perfino da Dio. Arrivarono in prossimità di una bettola. Il nano fu buttato giù come un sacco d'immondizia, di peso e senza riguardo.

Zala bussò alla porta. Prima tre, poi due e dopo altre tre volte.

«Tu abiti qui? Con l'abilità di truffatore che hai, non puoi permetterti di meglio?».

Quando il mezz'uomo finì di pronunciare quella frase, il tizio dai capelli bianco-cenere si girò di scatto dandogli un ceffone. Il poveretto svenne. Subito dopo si udì un cigolio e la porta si aprì. La poca luce che filtrava illuminò appena un volto di donna, deturpato da un'orrenda macchia cutanea.

«Salve madama» salutò Zala accennando un inchino «c'è Krystel?».

La donna roteò appena la testa verso l'interno, alla ricerca della ragazza richiesta.

«No, non c'è. É impegnata. Vuoi aspettarla dentro?»

«No» replicò l'uomo «l'aspetterò qui fuori, grazie».

A quelle parole la donna, con fare per nulla gentile, chiuse la porta.

«Vecchia strega» borbottò Zala sedendosi su di una cassa «prima o poi te la farò pagare».

Passarono svariate ore, prima che la porta tornasse ad aprirsi. Una giovane donna dai capelli biondi e lisci, dal viso stanco e lo sguardo perso chissà dove, fece la sua apparizione.

«Krystel! Finalmente» la voce dietro a lei la fece sobbalzare per la paura.

La ragazza si girò e vide il fratello seduto sulla cassa alle sue spalle.

«Ah, sei tu. Chi ti ci porta da queste parti, a quest'ora della notte?»

«Devo parlarti, è importante».

«Sono troppo stanca» obietto la donna «non puoi aspettare domani?».

«No, adesso!» Insistette lui. «Ti prego».

«Ok» si arrese lei, sedendosi accanto a lui.

«E questo chi è?» indicò il piccolo uomo legato e dormiente.

«Solo un peso che devo portarmi appresso» spiegò Zala.

«Vieni, andiamo a parlare in un posto più sicuro».

Prese la sorella per mano, portandola via e caricandosi il nano sulle spalle. In lontananza si sentiva la filastrocca che i bambini cantavano instancabilmente nel cuore della notte

Capitolo 7 **Il porto**

Quella visione l'aveva più che sorpreso, il documento era una carta geografica con delle coordinate navali per raggiungere un'isola, contrassegnata con una *"X"*. Gli venne in mente il nonno che, durante la sua infanzia, gli raccontò di una mappa del tesoro e degli indizi per ritrovarlo.

"Come ha fatto quel *Cornelius* a entrare in possesso di un simile documento?" Si era domandato più volte.

La grafia era inconfondibilmente la sua, non aveva dubbi. Una lacrima gli rigò il viso. Gli aveva sempre voluto bene, fino a quando non fu ucciso barbaramente, senza che il colpevole fosse mai trovato.

Capitolo 8 La locanda del marinaio

«Cosa devi dirmi di così importante, per non farmi andare a dormire?» sbadigliò Krystel.

«Credo di aver trovato un lavoro» rispose l'uomo «il capitano di un veliero vuole che mi unisca a lui».

Zala informò la sorella, eccitato come un bambino che riceve un regalo inaspettato.

«Bene, così la smetterai di truffare la povera gente. Se continui così ti scopriranno e ti metteranno alla gogna» lo rimproverò lei sorseggiando una tisana calda.

Ormai si erano fatte le cinque e la locanda cominciava a riempirsi di gentaglia.

«Sì, ma tu verrai con me» la informò.

«Cosa!» Urlò la donna. «Sai che non posso. Abbiamo molti debiti e la vecchia strega non me lo permetterebbe mai».

«Non avrai più il bisogno di lavorare per quella megera. Non dovrai più vendere il tuo corpo per soddisfare fantasie di uomini senza scrupoli». Replicò Zala cercando di convincere la sorella a seguirlo.

«Ascolta» la voce della donna si fece più calma. Lo sguardo le si posò sul nano, buttato in un angolo tra l'indifferenza degli avventori. Il poveretto cominciava a rinvenire.

«Non so nemmeno di cosa si tratti».

«Stavo andando proprio dal capitano, per altri chiarimenti. Ma senza di te non mi muovo da qui».

Krystel sapeva della testardaggine del fratello: non l'avrebbe lasciata in pace senza aver ottenuto quel che voleva.

«D'accordo» si arrese «andiamo da questo capitano. Vediamo cos'ha da proporci».

Si alzarono dopo aver preso l'ultimo sorso di tisana. Zala si caricò ancora una volta il povero nano sulle spalle, prima di uscire dalla locanda.

Capitolo 9 Zala sulla nave

Il capitano non riusciva a staccare gli occhi dalla cartina, osservava ancora i simboli segnati in precedenza da suo nonno. La sua concentrazione era tale che gli fece perdere la visione di tutto il resto, anche quella di un'ombra che girovagava per le casse disseminate per il ponte superiore. Un rumore lo sorprese, facendogli staccare gli occhi dalla mappa. La porta si era aperta, mostrando una figura davanti ai suoi occhi: un uomo con una Kefiah varcò la soglia.

«Salve capitano» esordì.

Il capitano si diresse, coltello alla mano, verso lo straniero.

«Chi siete? Perché siete entrato in questo modo nella mia nave?».

Un'altra figura, spuntata dalla finestra, invase il suo spazio e con estrema agilità arrivò fino a lui, puntandogli un pugnale alle spalle.

«Vi consiglio di gettare l'arma!» Esclamò con chiarezza il secondo intruso.

«Chi diavolo siete?» Ripeté Rastaban, fermandosi per l'imminente pericolo.

Con lo sguardo cercava di capire con chi avesse a che fare.

«Siamo qui per lavoro» dichiarò il tizio col copricapo che lasciava spazio solo agli occhi. Era ancora davanti alla porta.

«Costui afferma che desiderate i nostri servigi». Così dicendo, gli mise di fronte il povero nano ancora legato.

«Ciao capo» si presentò lui con un sorriso.

«Alla fine ci sono riuscito. Ti ho portato quello che volevi, e non solo».

«Il mezz'uomo parla troppo» proferì lo straniero scoprendosi il volto, mettendo così in risalto la sua carnagione e i suoi capelli.

«Zala!». Esclamò il capitano, che aveva ancora la lama puntata alla schiena. «Sono felice che tu abbia accettato la mia proposta. Chi è che mi minaccia da dietro?» domandò riponendo la sua arma. «Colei» rettificò la figura alle sue spalle.

«È mia sorella Krystel».

Con calma la donna ripose il pugnale nella fodera.

La sorella era di corporatura slanciata, aveva capelli biondi, lunghi fino alla vita; la sua carnagione era mulatta, come quella del fratello.

«Piacere di conoscervi» si presentò.

«Non avevo richiesto la presenza di una donna», obiettò Rastaban.

«Non intendo lasciarla qui» replicò Zala, slegando il nano. «Si renderà utile alla causa».

Smilzo corse con le sue gambe corte verso il capo, senza accorgersi di aver perso la carta trovata durante l'inseguimento.

«La mia carta!» Esclamò Zala, precipitandosi a recuperarla.

«Ti era caduta durante la corsa fuori la locanda». Precisò il piccolo uomo, rifugiandosi dietro il suo capitano.

«Te l'avrei resa appena possibile».

Capitolo 10 Taverna del marinaio, alcuni giorni dopo

Si sedettero e ordinarono dello Skrei (pesce essiccato nei mesi più freddi dell'anno, lungo la costa nord della Norvegia) e del buon vino. Quel giorno la taverna era insolitamente vuota, c'erano solo tre uomini impegnati a bere del sidro a base di mele. Parlavano a bassa voce.

"Strano", pensò Smilzo. Era quasi a disagio per quell'insolita serenità rispetto ai giorni passati.

«Ho delle buone notizie» enunciò il capitano spezzando il silenzio.

«Bene!» approvò Zala «Le buone notizie mi piacciono».

«Che notizie?» Chiese Smilzo.

«Per primo, volevo informarvi che la nave è pronta a riprendere il largo. Con le opportune modifiche apportate non avremo più problemi di nessun genere». Mandò giù un sorso di vino. «Poi volevo mostrarvi questa».

Tirò fuori la pergamena, mostrandola a quello che ormai era diventato il suo equipaggio.

«Cos'è?» Domandò il nano.

«È la mappa di un tesoro accumulato nei secoli fin dai primi anni del Cristianesimo. Posseduto dai miei antenati, il documento è arrivato fino a me».

«Un tesoro!» Esclamò Krystel. «Quanto vale?».

«Abbastanza da campare per altre dieci vite senza problemi», affermò Rastaban.

«Fantastico!» Intervenne Smilzo eccitato. «È proprio quello che mi ci vuole».

«Hai detto: posseduto dai tuoi avi?» Intervenne Zala.

«Questa cartina è passata di generazione in generazione, fino a mio nonno».

«Sembra un demone, un demone cornuto». Commentò Krystel vedendo il sigillo.

«Non è un demone» precisò il capitano.

«E cosa sarebbe?» Lo interrogò Zala.

«Non saprei, la ceralacca è corrosa».

«Cosa sono quei simboli?» Chiese ancora Smilzo.

«Devo ancora scoprirlo» si sentì rispondere.

Capitolo 11 L'enigma

«Solo l'erede che porta il marchio ha il diritto d'accedere al tesoro».

«Solo chi saprà risolvere con saggezza gli enigmi che lo proteggono, potrà possederlo».

«Guai! A coloro che si arrischieranno a impossessarsene in modo disonesto. La maledizione cadrà su di loro e la loro terra».

Il capitano guardò sbalordito Krystel, che in pochi secondi aveva risolto l'enigma.

«Come hai fatto a tradurlo in così poco tempo?»

«È arabo» intervenne il fratello.

«Noi proveniamo da una città antica, chiamata "*Gerrha*", siamo emigrati in Norvegia quando eravamo ancora piccoli». Proseguì lei.

«"*Il marchio…*"» rifletté Rastaban «non sarà mica lo stesso simbolo della pergamena?»

«Sarebbe un pensiero logico». Ribatté Zala osservando la cartapecora.

«Magari, arrivati a destinazione, ne sapremo qualcosa di più».

Smilzo masticava il pesce secco eccitato. Non vedeva l'ora di mettere le sue piccole mani sul quel tesoro.

«Sapendo dove cercare…» Aggiunse.

Fuori nevicava abbondantemente, l'oscurità era scesa in fretta nella piccola città costiera.

«Andate a riposare e fate scorte». ordinò il capitano conservando la mappa «Presto salperemo alla ricerca di questo benedetto oro».

Un rumore improvviso, che proveniva dall'esterno, suscitò la curiosità dell'equipaggio appena formatosi. Rastaban si affacciò guardando attentamente: non trovò nulla di sospetto, sparsi in terra c'erano solo alcuni recipienti che contenevano lo skrei essiccato.

«Forse era solo un gatto richiamato dall'odore del pesce».

Due giorni dopo i quattro erano pronti a partire. Il capitano guardava ancora una volta la mappa. Nel frattempo Smilzo, Zala e Krystel collocavano le ultime casse di provviste nella stiva.

«Che cosa significa quel simbolo?»

Il nano si era fermato a riposarsi, prima di sistemare l'ultima cassa notando dei particolari che non aveva visto in precedenza.

«Quale simbolo?» Rastaban aveva spostato lo sguardo dalla cartina al piccolo uomo, poi di nuovo su quella.

«Non è nulla». Tagliò corto, occultandola.

«A me puoi dirlo» insistette Smilzo in modo ostinato «sono tuo amico da molto tempo ormai».

«Ogni cosa a suo tempo» rispose in modo altezzoso «avrai tutte le spiegazioni al momento opportuno. Adesso posa questa cassa al suo posto».

Alcune ore più tardi il capitano spiegava il tragitto da compiere durante la navigazione. L'intero equipaggio era seduto attorno a un tavolo, sottocoperta.

«Noi ci troviamo in questo punto» indicava la costa nord della Norvegia. «Dobbiamo navigare, facendo rotta in direzione sud-ovest fino a questa minuscola isola, per poi virare a est, passando per questa strozzatura». Riprese fiato: osservava i compagni e aspettava delle domande. Nessuno chiese alcunché, attendevano solo la fine di quelle indicazioni.

Il capitano riprese la parola.

«Proseguiremo fino alla nostra meta, che si trova proprio qui».

La “*X*” copriva la meta prefissata.

«Sono partiti poco fa, li ho visti salpare con i miei stessi occhi». Diceva un individuo. Sono alla ricerca del tesoro. Come avevate predetto voi».

«Sei proprio sicuro che sono alla ricerca di quello?» Domandò l'uomo di fronte.

Due figure interloquivano sottovoce attorno a un tavolo, in un angolo buio della taverna.

«Si signore, Rastaban parlava al suo equipaggio del tesoro e dei suoi avi».

«Molto bene». Disse soddisfatto l'uomo massaggiandosi le mani segnate da orrende bruciature. «Continua così, seguili da lontano e senza farti scoprire. Alla fine commetteranno degli errori, e noi ne approfitteremo».

«Si signore, non mi sfuggiranno». Rispose il servo, alzandosi e facendo un cenno di commiato verso il suo padrone.

«Questa volta non riuscirai a sfuggirmi» mormorò l'uomo avvolgendosi completamente nel suo mantello scuro. Uscì dalla porta di servizio. «Ti affonderò insieme a quel nano che ti porti appresso, dopo averti strappato gli occhi con le mie stesse mani».

Capitolo 13 **Verso nuovi orizzonti**

La navigazione proseguiva come previsto. Col vento in poppa, la vecchia galea solcava le onde con agilità.

Navigava a dieci miglia dalla costa, per evitare le rocce affilate che affioravano in superficie. Molti navigatori si scontrarono contro quegli scogli, in pochi riuscirono a tornare indietro per raccontarlo. Rastaban era al timone e stava lontano dai pericoli che il mare nascondeva. Smilzo era di vedetta sull'albero di maestra, a osservare l'orizzonte. Zala si trovava sul ponte superiore, a mettere in ordine le gomene che avevano ancorato l'imbarcazione al porto. Krystel sottocoperta, nelle cucine, organizzava le pietanze per le ore seguenti.

«Ehi nano!» Gridò il capitano rivolto all'amico. «Niente in vista?»

Il piccolo uomo, sentito la richiesta del suo capo, cominciò a osservare il confine tra cielo e mare: guardava a destra e manca e girava attorno a se stesso.

«Niente all'orizzonte capo, tutto tranquillo» finì per dire.

Il timoniere continuava a guardarsi attorno, non era convinto.

«C'è qualcosa che non va?» Domandò l'arabo, avvicinandosi dopo aver completato le sue mansioni.

Il capitano osservava l'orizzonte di fronte a sé, alla ricerca d'indizi per avvalorare le sue preoccupazioni.

«Oltre ad essere pieni di trappole questi mari sono infestati anche da pirati senza scrupoli. Pronti a uccidere, pur di toglierti i vestiti che indossi».

«Non preoccupatevi capitano, siamo equipaggiati bene. Saremo noi a depredare loro». Affermò Zala osservando il nano lasciare la sua postazione. Scendeva con l'agilità di una scimmia.

«Vado a prendere un boccone» disse non appena mise piede sul pavimento.

«Non prenderti molto tempo» rispose Rastaban inquieto.

Un piccolo puntino, a dritta, pareva avvicinarsi a loro.

Capitolo 14

«Stai ancora qui a rimpinzarti?».

Zala aveva sorpreso il nano intento a masticare della carne secca.

«Stavo per tornare al mio posto» rispose il nano con la bocca piena «tu che ci fai qui?».

«Volevo chiederti una cosa». L'arabo gli si sedette di fronte.

«Rivelami i tuoi timori». Il piccolo uomo si mise comodo. «Racconta».

Zala ingurgitò un sorso di birra.

«Mi chiedevo cosa lo affligge».

«Di chi parli?»

«Parlo di Rastaban, è sempre lì a chiedere se tutto vada bene. Si guarda spesso attorno, come se all'improvviso dovesse apparire chissà cosa dall'orizzonte. Non credo che siano i pirati la sua più grande preoccupazione».

«Ti dico una cosa…» Il nano prese un sorso d'acqua «ma giura che quello che sto per dirti non uscirà dalla tua bocca. Per nessun motivo».

L'uomo dai capelli color cenere incrociò l'indice e il medio della mano destra dicendo: «Lo giuro».

Smilzo accettò il giuramento e cominciò a parlare:

«Devi sapere che, in queste acque, il capitano ha perso l'ultima battaglia contro il suo più grande nemico. È un miracolo che siamo ancora vivi». Si accarezzò il fianco destro, dando a capire che fu ferito in quell'ultimo scontro.

Zala si alzò taciturno guardando verso il mare; all'esterno il sole cominciava la fase del tramonto. "Presto farà buio", pensò.

«Come si chiama il nemico di cui parli?»

«Si fa chiamare "*Thuban*"» mormorò il nano «e mai nessuno è riuscito a vedere il suo volto».

«*Thuban*» ripeté lo spadaccino «un personaggio misterioso, a quanto mi fai capire. Ha paura di rincontrarlo?»

«Non ha paura». Puntualizzò il nano.

«Ha giurato vendetta, fin da quando abbiamo messo piede in Norvegia. Questi sono i mari dove Thuban deruba i poveri navigatori e non vuole farsi trovare impreparato. Devi sapere che Rastaban e Thuban…»

Il capitano apparve dalle scale che portavano in cucina, osservava i due che parlavano.

«Serve che tu stia di guardia, non voglio avere brutte sorprese».

«Sì, vado subito». Rispose Smilzo a testa bassa.

Il nano si avviò e fermandosi ai piedi delle scale, guardò Zala:

«Non preoccuparti, il mare in questo periodo è clemente» poi salì in superficie.

«Come va, capitano?» Volle sincerarsi l'arabo.

«Zala!» Esclamò lui.

«…Fammi un favore, smettila di chiamarmi "capitano", il mio nome è Rastaban».

Lo sguardo di Zala cadde sul copricapo indossato da Rastaban.

«Bel cappello».

Era un copri capo completamente nero, dai bordi rossi e con una piuma di corvo che svettava in cima. Stava a pennello in testa al norvegese.

«Mai visti come quello, è particolare».

«Me lo regalò mio nonno».

Il capitano agguantò un ritaglio di pesce: «Basta parlare, vai a riposare. Domani cominceremo la virata verso est».

Capitolo 15

«Allarme, pirati in vista!». Il nano strillava dalla sua postazione. Rastaban uscì dal suo alloggio, il sole era già alto in cielo.

«Che succede?»

«Predoni in vista! Provenienti da ovest, in rapido avvicinamento!» Avvisò Smilzo scendendo rapidamente.

Il capitano osservò dall'oculare del suo cannocchiale.

«Non c'è alcun dubbio, sono corsari armati fino ai denti. Prepariamoci a essere abbordati».

«In quanti sono?» Chiese Zala appena arrivato.

«Sono in dodici, forse quindici». Concluse il capitano.

«Ci lasceranno i denti, e ce ne faremo delle splendide collane». Krystel era appena risalita dalla cambusa, pronta a indossare la sua fusciacca modificata per riporvi i coltelli da lancio.

L'imbarcazione nemica si avvicinò rapidamente. Il piccolo puntino avvistato il giorno prima era divenuto ora un'imbarcazione pirata. Adesso era in rotta di collisione con il veliero del capitano Rastaban.

«Ehi, voi di bordo!» Uno dei pirati richiamò l'attenzione.

Era quasi certamente il capo, l'unico con un copricapo. Gli altri indossavano fasce, ognuna di colore diverso.

«Ci siete?» Urlò più forte.

Sull'occhio sinistro indossava una benda rossa, con inciso un teschio nero, il viso era sciupato dal troppo sole preso negli anni, aveva una pelle già "vecchia". Dei baffi lo rendevano ancora più anziano.

Accanto a lui, stava un tale con la bandana nera: era facile intuire che fosse, il suo braccio destro. Quest'ultimo sussurrò qualcosa all'orecchio del suo capo.

«No Ain, non è una nave abbandonata. Ho visto del movimento».

Il pirata era convinto di quello che diceva e aspettava che l'equipaggio si facesse vivo. L'attesa cessò all'udire di movimenti sotto coperta.

«Chi disturba il mio sonno!» La voce del capitano rimbombava tra le murate della galea.

«Era ora, che qualche cane si degnasse ad abbaiare!» Ci fu una sonora risata tra l'equipaggio.

«Il mio nome è Izar e prenderò possesso della tua lurida imbarcazione».

Il boccaporto del ponte superiore si aprì, l'uomo dal cappello con la piuma di corvo fece la sua comparsa.

«Avreste la pazienza di ripetere?» Il tono di voce del norvegese era tutt'altro che minaccioso. «Le vostre parole non sono arrivate molto chiare alle mie orecchie».

Il pirata e il suo compare si guardarono sbigottiti, forse impressionati dalla stazza dell'uomo che gli si era presentato davanti.

«Dicevo: io, il pirata Izar, prendo possesso della tua imbarcazione».

«Vuoi la mia nave?» Rastaban fissava Izar da capo a piedi. «Dovrai passare sui nostri cadaveri per avere quello che pretendi».

Smilzo, Zala e Krystel avevano affiancato il norvegese, pronti per la battaglia.

«Volete battervi contro di noi?» Izar sorrise. «Tre uomini e mezzo contro quattordici?»

Una seconda risata scoppiò tra tutto l'equipaggio. Izar si burlava del nano con spavalderia. Il piccolo uomo li osservava con lo sguardo inviperito, offeso nel profondo dell'anima.

Rastaban guardò il nano dritto negli occhi.

«Non farti prendere dall'ira, ne abbiamo passate tante, di situazioni come questa. Mettiti in posizione, e mostra loro cosa sai fare».

Il capitano ricevette un segno d'intesa e vide Smilzo allontanarsi, sparendo dietro una pila di casse.

«Bene» disse a voce alta, rivolto all'intera ciurma nemica. «Se riuscirete ad avere la meglio su di me e il mio equipaggio, io stesso vi consegnerò la nave».

«...E la ragazza!» Aggiunse Izar guardando il corpo della giovane in modo sfacciato.

«E la ragazza» acconsentì l'uomo che guardava il nemico dall'alto in basso. «Ma se dovessimo battervi noi» aggiunse il norvegese «razzieremo il vostro battello e poi gli daremo fuoco. Con tutti i superstiti rimasti».

«D'accordo». Izar sguainò la sua spada, una vecchia *"bastarda"*, «La cosa mi piace. Preparatevi a morire». Il vecchio pirata, più grande di Rastaban di almeno trent'anni, fece cenno al timoniere di iniziare la manovra di abbordaggio.

«Ve ne pentirete» fece sapere, pronto a poggiar piede sulla galea da conquistare. «Potevate continuare a vivere, se vi foste arresi senza problemi».

La galea di Rastaban presto si ritrovò in balia dei predoni.

Capitolo 16 10 gennaio 1693, mattina

Quella mattina si presentò una nota e temibile fattucchiera al palazzo di Don Arcaloro Scammacca, il Barone.

«Don Arcaloro!» Cominciò a urlare la megera. Affacciatevi, devo dirvi una cosa di somma urgenza e grandissima importanza: Ne va di mezzo la vita stessa!»

Le guardie del barone la bloccarono, impedendole di fare un altro passo verso l'ingresso.

«Lasciatela passare!»

Don Arcaloro conosceva la donna e ordinò la sua liberazione.

«Barone Scammacca» cominciò la vecchia strega appena fu seduta di fronte al nobiluomo «questa notte ho sognato la giovane martire. Supplicava il Signore di salvare la sua città dal terremoto».

Il barone ascoltava senza interrompere, più volte aveva creduto alle parole di quella vecchia, rivelatesi sempre veritiere.

«Ma il Signore aveva rifiutato di concedere la grazia» continuò la donna «a causa dei gravi peccati commessi dal popolo».

La donna si alzò, sporgendosi verso il barone.

«Don Arcaloru, dumani, a vintin'ura, a Catania s'abballa senza sonu».

Il barone capì subito a cosa si riferisse la profezia predetta dalla strega. Dopo aver ricompensato lautamente la fattucchiera, si rifugiò in aperta campagna, attendendo l'ora fatale. Puntualmente, all'ora indicata dalla donna, un forte terremoto colpì la città.

Capitolo 17

I pirati agganciarono la nave con gli arpagoni.

L'offensiva iniziò non appena i nemici misero piede sul ponte della galea. L'equipaggio assaltato si mise rapidamente in posizione difensiva, con le spade in pugno. Era pronto al contrattacco. Lo scontro si fece subito durissimo, i predoni attaccarono tutti insieme, come un branco di piranha.
Rastaban e i due arabi partirono al contrattacco a spada tratta. Smilzo corse verso la poppa, attirando alcuni tirapiedi di Izar. Arrivò a ridosso delle vele quadre dell'albero di mezzana, afferrò una cima agganciata al palo e tornò indietro. Il suo piccolo corpo gli permise di passare con agilità tra le gambe dei nemici. Zigzagando avvolse la cima tra le loro gambe. Arrivato a babordo, agganciò la fune a una puleggia e cominciò a ruotare la manovella. La cima si tese fino a far inciampare gli inseguitori. Uno dopo l'altro caddero come birilli.

Il piccolo uomo si avventò sui malcapitati con furia inaudita.

«Adesso vi faccio vedere io!» Gridò con tutta la rabbia che aveva in corpo. Munito di coltello, li trafisse senza pietà al cuore, alla schiena, alla gola. Uno dopo l'altro, i poveri inseguitori morirono sotto i colpi mortali del nano.

Zala, che lottava contro due nemici, vide la scena, rimanendo scioccato dall'agilità con cui il nano pugnalava gli avversari. Passò la spada dalla mano destra alla sinistra e con rapidità sferrò una sciabolata contro uno dei due avversari ferendolo mortalmente. Il disgraziato si accasciò in ginocchio, tenendosi il bassoventre. Il sangue fluiva copioso dalla ferita. Non ebbe nemmeno il tempo di accorgersene e passò a miglior vita. Il tizio dalla fascia bianca fu trapassato al petto dalla lama dell'arabo.

Zala piroettò attorno a una cassa per evitare l'attacco del secondo avversario. L'uomo dalla fascia arancione impugnò la sua lama, pronto a perforare il corpo del tizio dai capelli color cenere. Arrivato a una spanna dal trafiggerlo, un fiotto di sangue gli fuoriuscì dalla bocca. Abbandonò la sua arma, portò le mani alla schiena, poi cadde morente con due pugnali conficcati sul dorso.

«Mi devi una cena di lusso, amico. Come minimo». Era la voce di Smilzo, sporco di sangue respirava affannosamente.

«Stai bene?». Chiese.

«Smilzo!». Esclamò l'arabo sorpreso. «Ti offrirò due cene, mi hai salvato la vita».

«Tu come stai?».

Zala osservava il nano, macchiato di rosso dalla testa ai piedi.

«Questo non è il mio». Si tastò a far capire di non essere stato ferito.

«Vieni, andiamo ad aiutare Rastaban». Si affrettò a dire, recuperando la sua spada.

Si avviarono in soccorso del capitano. Rastaban si trovava a prua, circondato da quattro brutti ceffi. Appena Smilzo e Zala arrivarono in suo soccorso, due dei rivali si avventarono verso loro. Con le spade in mano, l'arabo e il nano si disposero per ricevere gli attacchi. Il primo avversario attaccò Zala con un affondo.

Con buon tempismo l'arabo spazzò il colpo, disponendo la sua daga in verticale davanti al corpo. Parandolo, si spostò lateralmente, in direzione opposta. Il nano era alle prese col secondo rivale che faceva volteggiare la spada, per poi colpire con dei fendenti precisi e improvvisi. Uno di questi fece perdere al piccolo uomo la presa della sua arma. Tutte le volte che Smilzo riceveva un attacco era costretto a fare una piroetta all'indietro. Il nemico non dava il tempo di contrattaccare. Dopo l'ennesima giravolta, il piccolo uomo si trovò con la schiena contro il parapetto.

«Sei morto!» Gridò l'avversario dalla bandana rossa, disponendosi per dare il colpo di grazia. Con le ultime speranze, il nano tastò il pavimento in cerca di una soluzione. Trovò l'impugnatura di un arpione e con tutta la sua forza lo infilzò nella gola del malcapitato nemico che stramazzò a terra.

«Smilzo, te la sei vista brutta questa volta». Era l'arabo che porgeva la mano per aiutarlo a rialzarsi.

«Perdona il mio ritardo, ma ero impegnato con un osso duro». Indicò il marinaio dalla fascia verde privo di vita, con un taglio profondo al ventre. «Come stai?»

«Sto bene, grazie». Rispose il nano afferrandosi al braccio di Zala. «Come sta il nostro capitano?»

Rastaban era alle prese con l'ultimo nemico.

La lotta era impari, il capitano era molto più grosso e nerboruto, ma l'avversario era agile e riusciva a schivare gli attacchi. Il nemico provò a cambiare l'andamento della lotta: impugnò lo spadone orizzontalmente all'altezza del fianco, e diede l'assalto al rivale come un forsennato. A due passi dall'essere infilzato, Rastaban si scansò, facendo lo sgambetto al tirapiedi di Izar che urtò contro un cumulo di cime, perdendo la presa sull'arma.

«Adesso vai a far compagnia ai pesci». Disse Smilzo osservando quella che sembrava la fine del duello.

Il pirata dalla fascia grigia fu raggiunto dal capitano che lo afferrò per la collottola e lo scaraventò fuori bordo.

Liberatosi del nemico, recuperò la sua arma.

«Rastaban, lurido bastardo!» Una voce inveiva dietro di lui.

Il capitano fece per voltarsi.

Un coltello gli passò sotto il lobo dell'orecchio sinistro, andandosi a piantare dentro il cranio del nemico che stava dietro di lui, pronto a pugnalarlo alle spalle.

«Ne mancava ancora uno». Krystel con prontezza e precisione aveva salvato il norvegese dall'aggressione di Ain.

«Grazie, ti sono debitore». Espresse riconoscenza guardandola negli occhi.

«Uno, due, tre…».

Smilzo contava i cadaveri.

«Contando quelli caduti fuoribordo ne manca uno, il vecchio Izar». Cominciarono a cercarlo sperando di trovarlo, non poteva essersene andato come un codardo e lasciando i suoi uomini a morire.

«Eccolo, il bastardo!» Krystel lo trovò dietro dei barili.

La ragazza lo prese per i capelli «Che ne facciamo di lui?».

«Bruciamolo con la sua nave, voglio sentire la puzza che emana la sua carne lercia». Il nano lo guardava con disprezzo.

«Ho un'altra idea per lui». Rastaban si avvicinò al pirata, lo guardò dritto negli occhi.

«Ti darò una possibilità di sopravvivere, anzi saranno i mari a decidere per te».

Lo afferrò, lo mise in una barchetta e lo immobilizzò legandolo a un asse, per poi lasciarlo alla deriva.

Il disgraziato immaginando la sorte che lo attendeva, cominciò a maledire l'intero equipaggio: «Maledetti vigliacchi, non la passerete liscia, sarete attaccati da altri pirati! Brucerete all'inferno!».

Lo videro allontanarsi sempre più, fino a sparire.

«Che ne facciamo della sua galea?» Chiese Zala.

«Saccheggiamola e poi diamole fuoco». Rispose Rastaban.

Salirono a bordo l'arabo e Smilzo, che portò con sé un contenitore pieno di liquido infiammabile. Perlustrarono l'imbarcazione da cima a fondo, tornando a mani vuote.

«Niente, non hanno portato nulla con loro». Riferì Zala tornando a bordo. «Ho sistemato tutto». Smilzo aveva versato il liquido incendiario in tutto lo scafo.

Rastaban accese una fiaccola e la lanciò a bordo della galea, attendendo che s'incendiasse completamente. Le fiamme presero vita immediatamente.

«Possiamo andare». Informò l'uomo dal cappello con la piuma nera. «Abbiamo perso fin troppo tempo».

Nella notte un vascello si accostava a una piccola imbarcazione. Una figura incappucciata scrutò al suo interno, scorgendo un viso a lui familiare.

«Non sei riuscito a fermarlo, sei un poco di buono. Eravate notevolmente superiori a loro».

«Mi dispiace». Legato e in balia del mare da ore, il povero disgraziato non sapeva come chiedere perdono al suo padrone.

«Erano agili e indemoniati, non ci hanno dato il tempo di attaccarli».

«Sciocchezze!» Lo interruppe il tizio squadrandolo dall'alto della sua posizione.

«La prossima volta andrà meglio, ve lo giuro». Izar cercava di guadagnarsi un'altra possibilità.

«Non ci sarà una prossima volta». Brandì una lancia e la scagliò contro la piccola barca. La punta creò una crepa, l'acqua cominciò a invadere la barchetta.

«No, pietà mio signore! Salvatemi e non ve ne pentirete!» Implorava Izar.

«Hai avuto le tue occasioni per compiacermi, fallendo miseramente» disse l'uomo ammantato. Il suo servo affondava, e non provava nessuna emozione.

«Pietà! Pietà!» Pregava il pirata con l'acqua alla gola.

Ignorando le sue suppliche, l'individuo dal volto coperto contemplò il pirata fino a quando le ultime bolle d'aria non salirono a galla.

Ordinò al timoniere di partire e rientrò sottocoperta.

Capitolo 18 **Rotta verso est**

I due giorni successivi, la traversata proseguì senza difficoltà.

«Rastaban!» Smilzo richiamò l'attenzione.

«Le provviste scarseggiano, quanto manca all'arrivo?»

Il capitano guardava fisso l'orizzonte.

«Ancora due giorni e arriveremo. Vedi quelle terre?» Indicava a Sud-Est. «Superate quelle, faremo un'inversione di rotta per poi passare in una striscia di mare affiancata da due terre, dove la corrente è molto forte».

Ore più tardi, la galea fece rotta in direzione Est.

«Smilzo, cosa vedi all'orizzonte?» Chiese ansioso il norvegese. I suoi occhi parvero avvistare un probabile pericolo.

«Vedo una piccola imbarcazione, viene dritto verso di noi». Rispose il nano dalla sua postazione. «Sembra che stia andando alla deriva».

Rastaban era sempre più agitato.

«Speriamo non sia una trappola». Mormorò. «Teniamoci pronti per una possibile battaglia».

L'equipaggio si riunì sul ponte superiore intanto che il capitano iniziava l'avvicinamento.

Capitolo 19

Avvicinandosi alla piccola imbarcazione tutto parve in ordine. Le vele, il timone, l'albero. Mancava solo l'equipaggio.

«Sembra abbandonata». Scrutò Krystel. «Forse sono stati vittime dei pirati».

«Meglio controllare più da vicino. Sottocoperta forse troveremo la risposta a quest'apparente abbandono». Rastaban fece notare l'apertura che portava all'interno.

«Vado io» si fece avanti l'arabo avvicinandosi al parapetto.

«Fai attenzione». Si preoccupò la sorella. «Se dovessi trovarti in difficoltà, manda un segnale».

Zala fece il gesto d'aver capito la preoccupazione della sorella, quando era già a bordo. Svanì oltre il boccaporto.

L'ambiente era poco illuminato e puzzava di pesce marcio, tanto da far venire la nausea. L'attrezzatura da pesca era sparsa su tutto lo scafo. L'arabo si faceva strada in mezzo a quel disordine, inciampando quasi a ogni passo. Gli occhi si abituarono all'oscurità, scorgendo una figura pronta a colpire con una stanga. Non potendo impugnare l'arma per lo spazio ristretto, prese la prima cosa che gli capitò a tiro: un arpione.

Si avvicinò furtivo alle spalle dell'individuo e con la punta ferì l'uomo al fianco. Era una ferita superficiale, ma dolorosa. La sofferenza creata dal taglio fece mollare la presa e la barra cadde provocando un rumore sordo. Il ferito provò a reagire, ma Zala bloccò i suoi movimenti sul nascere, intimandogli di risalire in superficie.

Rastaban e gli altri videro uscire per primo un uomo magro dalla barba lunga e incolta, poi Zala che aveva ancora in pugno l'arpione e teneva sotto tiro l'uomo dal quale si era fatto precedere.

«Chi è costui?» Chiese Rastaban osservando lo sconosciuto.

«Il mio nome è Adalrico» rispose l'uomo «e la mia imbarcazione è in avaria. Il timone non vuole saperne di funzionare».

«Stavi per darmi una mazzata!» Zala lo *invitò* a proseguire.

«No signore, le mazzate le davo al timone». Si giustificò Adalrico guardando prima l'arabo, poi il capitano.

«Si è incastrato a poche miglia dalla costa, speravo di sbloccarlo. Credetemi». L'uomo cercava di capire le loro intenzioni.

«Da dove provieni?» Lo incalzò la ragazza. Attorno a loro non c'erano terre vicine, le uniche erano a miglia di distanza e si vedevano appena.

«La mia abitazione si trova oltre quei monti». Adalrico indicò quelle che da lontano sembravano delle alte colline.

«Fatelo salire e agganciate la sua imbarcazione alla nostra!» Ordinò il capitano. «Noi siamo diretti in quella direzione, felice di darvi un passaggio» lo afferrò per un braccio.

«Grazie signore, probabilmente mi avete salvato la vita» affermò appena messo piede sulla galea.

«Venite con me, Adalrico vi faccio medicare la ferita, e chiamatemi pure Rastaban. Per oggi sarete nostro ospite».

Capitolo 20

Accompagnato Adalrico nei pressi di una delle colonne d'Ercole, la navigazione proseguì con andatura regolare.

Diretta a Est, la galea e il suo equipaggio si apprestavano ad affrontare un'altra fredda serata.

«Pioggia all'orizzonte!» Urlò Smilzo dalla sua postazione. «Tempesta in avvicinamento, dritto verso di noi!»

«Ammaina le vele!» Avvisò il capitano osservando la perturbazione in avvicinamento.

Il mare cominciò a ingrossarsi, la galea iniziò a ondeggiare sempre più.

«Avverti Krystel e Zala, che si tengano forte».

«Sembra davvero violenta, non sarebbe meglio attraccare aspettando che passi?»

Il nano ammainò le vele e si affiancò al suo capitano.

«Non abbiamo scelta, non vedo porti o gole dove trovare riparo» rispose osservando l'orizzonte.

Alla vista, il paesaggio era una gran distesa d'acqua, le onde si facevano sempre più minacciose.

Gli ultimi tiepidi raggi solari svanirono, la pioggia cominciò a scendere copiosa. Presto fu l'inferno per Rastaban e compagni.

«Smilzo!» Urlò il capitano legandosi una cima attorno alla vita collegata al timone, per non essere sbalzato fuoribordo.

«Andate giù, mettetevi al riparo!»

«Capitano!» Esclamò preoccupato Zala, «tu che farai?»

«Non preoccuparti per me, me la saprò cavare. Adesso andate e tenetevi forte».

«Andiamo, sa quel che fa». Affermò il piccolo uomo.

«Buona fortuna capo» augurò Smilzo chiudendo il boccaporto.

La tempesta infuriava. Il capitano legato stretto al timone stringeva i denti, cercando di mantenere la rotta.

«Forza bella mia, non tradirmi proprio adesso».

L'oscurità avvolgeva l'intero paesaggio, l'unica fonte di luce arrivava dal cielo. I lampi illuminavano l'orizzonte e i tuoni turbavano la sua concentrazione. Ormai il temporale era sopra di loro. Le raffiche di vento ingrossavano sempre più le onde.

Un fulmine balenò a babordo, illuminando l'ombra di una nave in lontananza.

"Siete i secondi navigatori che passano oggi, per questa rotta".

Il pensiero delle ultime parole di Adalrico lo fece rabbrividire.

"Una galea come la vostra, con dei serpenti sulle balaustre" Diceva.

"Dei tizi robusti, completamente rasati e vestiti da pirati chiedevano informazioni".

Un'altra saetta rischiarò la ormai notte e il contorno del vascello che sembrava sempre più vicino, in balia del mare, come la galea.

«Thuban!» Inveì il capitano, «maledetto vigliacco. Che il mare possa inghiottirti».

Bastò una distrazione e un'onda enorme lo sorprese travolgendolo e mandandolo gambe all'aria.

Si rialzò, ma un secondo cavallone in arrivo gli fece raggelare il sangue. Alta cinquanta piedi, l'onda anomala si diresse verso il capitano con tutta la sua potenza. Presto avrebbe travolto la galea e tutto quello che non si trovasse ancorato a essa.

«O mio Dio!» Esclamò Rastaban preso dal panico. «Questa è la fine».

L'impatto fu così tremendo, che l'acqua inghiottì il veliero completamente. Casse, cime, e attrezzature da pesca: tutto fu spazzato via. La forza dirompente spezzò la fune che teneva Rastaban ancorato alla sua nave, mandandolo oltre il parapetto.

Scomparve oltre il buio della notte.

Zala, Smilzo e Krystel lottavano per non finire contro le murate.

«Infuria una tempesta incredibilmente forte, sicuro che Rastaban non abbia bisogno di aiuto?»

La donna si aggrappava a qualunque cosa, pur di non ritrovarsi faccia a terra. «Vi confesso che è più forte di quanto pensassi» affermò il nano, «ma non preoccupatevi, il capitano è un tipo in gamba». Li rassicurò.

La nave si piegò, mandando i tre contro le pareti. L'arabo finì sopra a dei sacchi di rifiuti, che gli ammorbidirono la caduta. Krystel e Smilzo furono catapultati contro un pesante casellario, che per poco non gli cadde addosso.

«State bene voi due?» L'arabo si rialzò dai rifiuti, andando in soccorso della sorella.

«Sì, sto bene» rispose Krystel risollevandosi da terra.

«Sto bene» comunicò Smilzo. Il piccolo uomo si rialzò dolorante.

Ore dopo, la tempesta passò, fuori il cielo divenne sempre più chiaro. Il silenzio regnava su tutta la galea.

«Vado a vedere come sta Rastaban» fece sapere il nano avviandosi verso l'uscita.

«Veniamo con te» lo seguirono Zala e Krystel.

Capitolo 21

La tempesta si dissolse completamente, lasciando spazio a un pallido sole. La galea era alla deriva verso terre sconosciute.

«Dov'è finito Rastaban?»

La postazione di comando era vuota: la cima legata al timone era stata recisa con violenza. Le casse di provviste erano scomparse, perse durante la tempesta.

Il nano si avvicinò al timone prendendo la fune, si guardò attorno. Non credeva ancora che il suo compagno d'avventure potesse essere morto, spazzato via dalla tempesta.

«Rastaban!» Cominciò a urlare a squarciagola con disperazione.

Non ricevette nessuna risposta.

«Rastaban!»

Solo il rumore della nave che solcava il mare, diede una risposta.

«Non può essere stato spazzato via». Disse piangendo. I due arabi avevano perlustrato tutto il perimetro.

«E adesso, cosa facciamo?» La donna non aveva nessuna idea di come condurre un cavallo alla stalla, figurarsi una nave al porto.

Solo una persona aveva la capacità di occupare il posto di capitano e portarli… chissà dove.

«Mi dispiace» Zala si avvicinò sconsolato al piccolo uomo, «senza di lui non sapremmo dove andare. Non sapevamo neanche dov'eravamo diretti». «Meglio trovare un porto e cercare un modo per tornare a casa».

«Volete già arrendervi?» Una voce tuonò dalla sponda di babordo. «Ancora dobbiamo arrivare a destinazione, e voi volete già mollarmi!?» «Vi butto tutti in mare! Non appena mi avrete aiutato a risalire a bordo, questo è chiaro».

Smilzo si rianimò, cominciando a cercare il suo capitano.

«Rastaban!» Riprese a gridare. «Dove sei?».

«Sono quaggiù, brutto nano piagnucolone!»

Il piccolo uomo si affacciò dal parapetto. Pianse per la gioia vedendo incredulo e confuso il povero uomo appeso a testa in giù come un salame. Pareva fare da esca a un pescecane. La felicità gli salì alla testa, fino a bloccargli la mente.

«Allora! Pensi di tirarmi su, o aspettiamo che arrivi la primavera?» Proferì in modo sarcastico Rastaban.

Dopo pochi minuti il capitano era di nuovo a bordo della sua imbarcazione.

«Sbaglio, o stavi piangendo?» Affermò dopo aver indossato il suo cappello.

«Credevo fossi morto». Spiegò Smilzo con ancora gli occhi gonfi.

«L'ho creduto anch'io» rispose il norvegese impugnato il timone, «è stato un miracolo che quella fune si sia annodata al mio stivale».

Si guardò attorno, constatando che le poche riserve di cibo erano andate perdute.

«Un miracolo». Ripeté.

Capitolo 22 Rotta verso terre sconosciute

«Dove diavolo ci troviamo?» Si domandò dopo aver ripreso il possesso della sua nave. Ora dovevano andare alla ricerca di un porto dove approdare.

«Acqua, nient'altro che acqua. Come se la tempesta avesse spazzato via pure le terre».

«Smilzo!» Chiamò a gran voce.

«Dimmi capo».

«Sali, e dimmi cosa vedi all'orizzonte. Dammi buone notizie».

Il nano, salito al punto d'osservazione, impugnò il cannocchiale, cominciando a scrutare in cerchio.

«Vedo terra, direzione nord-est». Riferì.

«Sicuro che non si tratti di nuvoloni?».

«Si capo, sicuro che sia terra quella che vedo», confermò osservando ancora. «Direzione nord-est» ripeté.

«Speriamo bene» mormorò Rastaban cominciando la manovra di virata.

Nel primo pomeriggio arrivarono al porto di una città dalle case a due piani e le strade strette, piene di fango. Il primo a metter piede a terra fu Rastaban, che a gran passo si diresse verso un pescatore intento a sistemare le reti usate quella mattina. Smilzo, Zala e Krystel ebbero il compito di fare provviste.

«Scusate buon uomo». Cominciò a parlare il capitano. «Sapreste dirmi che città e questa?».

Il tizio girò la testa verso l'omone.

«Vi trovate nella città di Paphos, messere, a Cipro».

«Cipro?» Domandò per avere conferma di aver udito bene.

«Si signore» il pescatore si era girato completamente verso Rastaban. Si tolse il cappello, rivelando la sua parziale calvizie e la faccia rugosa. «La città dove nacque la dea Afrodite» disse «vi siete persi?». Domandò asciugandosi le mani sui vestiti già lerci.

«In un certo senso si» rispose il capitano. «La tempesta ci ha spinti lontano dalla nostra destinazione, ma ora che sappiamo dove ci troviamo, è più facile riprendere la rotta».

Non voleva aggiungere altro.

«Grazie per le informazioni date». Cercò di rompere il dialogo.

«Prego messere, sempre al vostro servizio». Salutò il pescatore.

«Maledizione!» Esclamò allontanandosi «Questa non ci voleva».

Zala e la sorella attendevano il ritorno del capitano, che arrivò col viso incupito.

«Che notizie ci porti?» Prese parola la ragazza.

«Siamo ben oltre la nostra destinazione». Comunicò loro tutto quello che era riuscito a sapere.

«Cipro» ripeté l'arabo «ne avevo solo sentito parlare».

«Dov'è Smilzo?» Chiese Rastaban.

«Non è ancora tornato» dichiarò la donna «credevo fosse con te».

«Quel piccolo demone» si espresse con impazienza «dobbiamo recuperare due giorni, e lui che fa? Sparisce».

«Dobbiamo cercarlo e trovarlo in fretta, prima che si metta nei guai!» Ordinò «separiamoci, ci ritroveremo qui tra un'ora».

Si allontanarono in direzioni diverse.

Krystel si diresse nei pressi di un piccolo mercato, dove aveva trovato le provviste. Il capitano prese una strada in direzione opposta. Zala rimase a cercarlo al porto, con la probabilità che ritornasse.

La ragazza si addentrò tra le bancarelle, dove la gente si prendeva a spallate pur di assicurarsi i pesci e le carni più pregiati. Osservava la moltitudine di persone alla ricerca del nano.

L'arabo s'incamminava per le strade del porto, strette fangose e piene di detriti. Le vie erano affiancate da case a schiera. Gli incroci sembravano tutti uguali, al punto che gli parve di girare in tondo.

«Maledetto nano, dove ti sei cacciato?»

Un rumore di casse andate in pezzi lo attirò. Solamente dopo aver girato l'angolo vide tre energumeni che accerchiavano un quarto individuo, spingendolo contro il muro con violenza. Il malcapitato provò a difendersi come poté, ma non ci riuscì e cadde a terra sotto i calci e i pugni degli aggressori. Vide l'uomo che osservava la scena, implorava il suo aiuto con lo sguardo.

«Ehi voi, lasciatelo stare!» Gridò Zala ai tre aggressori.

Uno di loro si voltò con sguardo minaccioso. Indossava una bandana grigia e una sciabola dietro la schiena, come tutti i suoi compari.

"Speriamo che il malcapitato non sia chi penso". Disse dentro di sé.

«Perché lo state picchiando?»

«Non sono affari che ti riguardano, vattene da qui» consigliò uno di loro avvicinandosi a un palmo da chi lo aveva interrotto.

«Sparisci se non vuoi fare una brutta fine anche tu» disse il secondo.

«Smilzo, sei tu?» Chiese quasi non tenendo conto di avere una minaccia a due centimetri.

«Aiutami, te ne prego». Col viso pieno di sangue e le ossa rotte, il malcapitato allungò la mano verso il tizio dai capelli bianco-cenere, invocando il suo aiuto.

Zala spinse lontano da sé l'aggressore, sguainando la sua spada, pronto per lo scontro. Tre contro uno. Si scagliò contro chi lo aveva minacciato, attaccandolo con un fendente violento. L'avversario parò il colpo con sicurezza.

«Ti avevo detto di sparire». Disse questo passando al contrattacco. Fece piroettare la sua lama con estrema agilità, per poi dare una sciabolata verso l'arabo. La lama era talmente affilata che avrebbe potuto facilmente tagliare in due un quarto di manzo con un sol colpo.

Zala schivò l'attacco spostandosi sulla destra con una capriola. La sciabola finì per conficcarsi su dei barili, incastrandosi saldamente.

L'arabo rotolò ancora, fino ad arrivare alle spalle dell'avversario, puntandogli la daga alla gola. Quel gesto fece intervenire immediatamente i due farabutti che fino a quel momento guardavano la scena. Uno di loro lo prese per la gola, stringendolo con forza fino a fargli perdere l'impugnatura della spada.

L'arabo si liberò, ma lo circondarono costringendolo ad andare contro la parete. Uno dei tre sfoderò uno stiletto, gli altri due lo immobilizzarono.

«Adesso ti sbudello lentamente, solo per il piacere di farti soffrire».

Con le spalle al muro e trattenuto, Zala si sentì in trappola. La lama si faceva sempre più vicina. Seguita da una risata malvagia la punta trapassò gli indumenti. Il dolore divenne intenso non appena la pelle si lacerò, un rivolo di sangue uscì copioso. Cominciò ad ansimare, tutto gli sembrò irreale. Per giungere rapidamente tra le braccia fredde della morte decise di lasciarsi andare chiudendo gli occhi.

«Fermi!» Richiamò all'attenzione una voce dietro di loro.

I tre si voltarono alla stregua del loro capo, un personaggio completamente ammantato.

«Lasciatelo libero» pretese indicando il tizio dai capelli bianco-cenere. «Lui mi serve vivo».

Appena sentì mollare la presa, Zala si divincolò, e, dando l'ultima sbirciata a chi gli aveva salvato la vita, sgattaiolò via. «Preparate le provviste, tra non molto ripartiremo». Informò chi aveva interrotto l'esecuzione.

«Si *maestro*», il bruto che fino a poco fa stava per sbudellare a sangue freddo un uomo, ripose la lama nel fodero. Richiamò i suoi compari e si avviarono lungo una stradina, per poi sparire girato l'angolo.

«Perché l'avete lasciato andar via?» Chiese una figura nascosta.

«Lui ci serve vivo» rispose *"il maestro"* «prima dobbiamo scoprire cosa c'è dietro il segreto che circonda la giovane martire».

«Di lui cosa ne volete fare?». Il maestro indicava il poveretto svenuto, sanguinante e pieno di lividi.

«A lui ci penso io». La figura alle spalle del maestro si avvicinò al disgraziato. Lo prese di peso per il collo, e cominciò a stritolarlo.

«Nessuno può permettersi di sbeffeggiarmi in pubblico per il mio corpo deturpato e poi passarla liscia».

Lo sfortunato uomo si dimenava, senza poter fa uscire una singola parola di bocca, fino a quando il suo cuore cessò di battere e la testa gli cadde in avanti.

"Perché quell'uomo era stato ucciso in quel modo? Chi era?".

Le domande gli facevano scoppiare le cervella. Si premeva lo stomaco, per fortuna la lama aveva trafitto solo la pelle, e la fuoriuscita di sangue si era già fermata. La ferita, seppur superficiale, gli procurava un bruciore intenso. Pensando e ripensando all'accaduto, non si accorse che era tornato alla galea. Sua sorella lo fissava, tenendo le mani sui fianchi.

«Nessuna traccia del nano?» Chiese.

Il fratello la fissò sorpreso, come se avesse visto un fantasma.

«No!» Rispose passandole accanto a testa bassa per non far capire il suo stato d'animo. Era turbato per quello che aveva visto, quel pover'uomo issato con una sola mano e strangolato, gli occhi lucenti del suo carnefice, il suo sorriso. Come se provasse piacere nel vedere soffrire la sua vittima.

Aveva dei gusti particolari. Pensò. Entrò nelle cucine e cominciò a divorare della carne secca, come se non avesse mangiato per giorni.

Krystel l'aveva seguito e gli si era seduta di fronte. Con lo sguardo fisso su di lui, gli bloccò la mano che stringeva il pezzo di carne.

«Dimmi cos'è successo».

«Niente, non è successo niente». Rispose lui usando l'altra mano per riprendere a mangiare.

La sorella gli bloccò anche quella. Lui alzò lo sguardo vedendo gli occhi della sorella che lo fissavano.

«Ti conosco troppo bene per far finta che non sia accaduto nulla, e tu conosci me. Quindi o mi racconti tutto, o ti tormenterò per il resto della tua vita».

L'espressione fissa su di lui, gli occhi di chi non avrebbe mollato così facilmente, la ragazza non distolse la pressione psicologica inflitta al fratello. Era sicura di sé e Zala sapeva che non avrebbe smesso di tormentarlo. D'altronde avevano lo stesso sangue. Fece un profondo respiro e si stirò verso la sorella, rassegnato.

«Giurami che non lo racconterai al capitano, o al nano». Disse bisbigliando.

La sorella alzò la mano sinistra e, incrociando indice e medio, disse: «Lo giuro, sulla tomba di nostra madre».

Zala apprezzò il gesto. Sapeva che poteva contare sulla sorella.

«Ero alla ricerca di Smilzo a pochi metri da qui». Cominciò a raccontare. «Quando mi sono imbattuto su dei loschi figuri...».

«Hai visto quel poveretto morire strangolato». Chiarì lei dopo aver appreso quello che era successo.

«Sì, fortuna che non si trattava di Smilzo». Non aveva raccontato tutta la storia, omettendo la parte in cui *"il maestro"* lo graziò.

La sorella lo contemplò con curiosità.

«Perché vuoi tenere all'oscuro dei fatti Rastaban?»

«Non voglio che lo sappia altra gente». Precisò mandando giù un sorso di vino.

«D'accordo, manterrò il tuo segreto» promise lei «adesso andiamo, aspettiamo il ritorno del capitano all'esterno».

Passati alcuni minuti il capitano ritornò tenendo per un orecchio il piccolo uomo, che grugniva per il dolore.

«Eccolo qui, il farabutto era andato a divertirsi». Gli strizzò ancora più forte l'orecchio.

«Ne sentivo il bisogno». Si giustificò Smilzo dimenandosi.

«Potevi almeno avvisare». Lo rimproverò Rastaban lasciando la presa. «La prossima volta ti chiudo dentro una gabbia per polli» lo minacciò.
«Scusa capo, non accadrà più». Affermò il nano, cercando di farsi perdonare.

«Adesso andiamo, ci attendono due giorni di navigazione».

Capitolo 23 **L'isola a tre punte**

La traversata proseguì al chiaro di luna, le acque erano poco mosse e il vento teso permetteva una navigazione pressoché costante. Il timoniere osservava gli astri che riempivano il cielo notturno come tante lucciole. La luce lunare rifletteva sulle onde.

Tutto ciò fece riemergere ricordi felici, con suo nonno.

«Che stella è quella?» Indicava alto nel cielo.

«È Sirio, la stella del cane». Replicava l'uomo dal capello nero.

«Guarda quella come splende, che stella è?»

Corvonero alzò gli occhi, dove il piccolo indicava.

«È Betelgeuse» rispose «la spalla del gigante».

Il ragazzino non la smetteva di fare domande, questa volta i suoi occhi si posarono su una costellazione circumpolare.

«Guarda quelle come brillano, quali sono i loro nomi?»

Un rumore proveniente da babordo lo destò dai suoi pensieri. Scrutando in quella direzione, avvistò qualcosa di straordinario: delfini, un branco che nuotava all'unisono. La loro pelle brillava sotto lo splendore della luna, rendendoli d'argento.

All'alba la nave parve fosse arrivata a destinazione. Delle terre apparvero all'orizzonte. La costa a destra era dominata da un monte dalla cima innevata.

«Finalmente a destinazione» il nano era dietro di lui che osservava la terra ferma.

«Si amico mio» replicò il capitano «ci prenderemo il tesoro e torneremo a casa ricchi sfondati».

Capitolo 24 15 gennaio 1693

Il paesaggio apparve funebre e desolato ovunque si guardasse.

La città era stata rasa al suolo da una forza immane e invisibile, come se un gigante l'avesse calpestata casa dopo casa, risparmiando dalla sua furia solo poche strutture.

Ferite da lunghe crepe, le strutture principali stavano a malapena in piedi.

«Cosa diavolo è successo qui?» Chiese Smilzo appena toccato terra.

«Giorni addietro ci fu un fortissimo terremoto».

Dinanzi a loro si presentò una figura in abiti eleganti. Era un uomo robusto, dai capelli scuri e senza un filo di barba.

«Qui tutto è andato distrutto» informò.

«Piacere di conoscervi mi chiamo Arcaloro Scammacca, e sono il barone della città». Si presentò, facendo un profondo inchino.

«Voi chi siete, quali motivi vi portano in questa terra punita per i suoi continui peccati?»

«Il mio nome è Rastaban» si fece avanti il norvegese «e questo è il mio equipaggio. Siamo qui per prendere una cosa lasciata da mio nonno anni fa, Corvonero».

A sentir quel nome, il volto del barone si ottenebrò.

«Corvonero, avete detto? Il pirata?».

«Sì, proprio lui» il capitano avanzò «lo avete conosciuto? Purtroppo l'hanno assassinato due anni fa».

Prese il cappello e lo mostrò ad Arcaloro. «Questo era il suo».

Il barone osservò con stizza, poi guardò l'uomo davanti a sé.

«Il marchio della sventura!» Indietreggiò. «Andate via, la città non vuole aver niente a che fare con voi».

La rabbia si tramutò in paura. «Siete una stirpe maledetta».

«Vi ordino di lasciare la città immediatamente, o vi farò impiccare!» Gridò salendo sul carro che l'aveva condotto fino al porto. Partì di corsa non appena la portiera si chiuse.

«Che gli è preso?» Domandò l'arabo «Era impaurito, ha parlato di sventure».

«Una cosa è certa, ha riconosciuto il simbolo dei tuoi avi». Fece notare la donna «sa del tesoro».

«Che sventure ha portato alla città?» Domandò il nano.

«Ve lo dirò io. Se mi è consentito, vi racconterò la storia dal principio».

A parlare fu un uomo sui cinquant'anni, basso e in sovrappeso. Indossava un abito monacale con una grossa croce cucita sul cuore.

«Permettetemi di presentarmi». Si avvicinò ai forestieri allungando le braccia in segno di pace. «Il mio nome è Gerardo, sono l'abate della città. Stavamo attendendo il vostro arrivo, seguitemi vi prego».

I quattro seguirono il religioso senza farselo dire due volte.

Capitolo 25 **Anno del Signore 245**

"Marcirete per sempre nei sotterranei della cattedrale".

Padre Asmundo stava mantenendo la sua promessa. La stanza era angusta e umida, illuminata solo da una candela. Pochi oggetti a farle compagnia. Alla grossa porta di legno massiccio era collocato uno spioncino, per il passaggio dei viveri. Lo stretto indispensabile.

I suoi passatempi erano giocare con le ombre e scrivere. Scriveva ovunque potesse. Sul pavimento, sulle pareti, sul banco. Dove ci fosse lo spazio per farlo. Un rumore attirò la sua attenzione, era lo spioncino che si apriva.

Due occhi la fissarono. «Per voi» disse una voce dalla parte opposta porgendole un vassoio con una brocca d'acqua, una ciotola contenente una zuppa e del pane raffermo.

«Chi siete?» Chiese sorpresa la giovane.

«Mi manda padre Asmundo, da oggi sarò io a farvi avere tutto il necessario. Mi chiamo Gabrio» si presentò.

«Dov'è Lucia, la donna che si prendeva cura di me?» Desiderò sapere lei.

«Non so dare risposta alla vostra domanda, sono appena arrivato.

Vi prego» il giovane teneva ancora il vassoio oltre lo spioncino, «prendete e mangiate».

I giorni passarono, divennero settimane e poi mesi. I due fecero amicizia. Lui le raccontava la vita fuori dalla cattedrale, lei immaginava di passeggiare sotto i tiepidi raggi del sole. Passarono gli anni, quattro per l'esattezza. La loro amicizia tramutò in amore. Gabrio le faceva visita a ogni occasione, portandole dei doni dal mondo esterno, principalmente fiori profumati.

Una sera il ragazzo le disse: «Mia cara, non posso più stare lontano da voi. Non posso più vedervi rinchiusa, schiava di quel diavolo. Ho deciso di farvi evadere».

A quelle parole la giovane trasalì.

«Gabrio, cosa dite? Quell'uomo è pericoloso. Vi rinchiuderà come ha fatto con me».

«Se rimarrete qui, morirete prima dei vent'anni» la fissò preoccupato. Passarono alcuni giorni prima che Gabrio le rivelasse il suo piano di fuga.
«Mi sembra molto pericoloso».

La giovane era presa dal panico pensando a quello che poteva accadere al suo Gabrio, ma il desiderio di uscire e rivedere il mondo esterno era forte.

«Non preoccupatevi, so quello che faccio» la tranquillizzò «in questi anni ho spiato l'abate e i suoi passatempi, ha piena fiducia in me».

«Che cosa avete intenzione di fare?» La curiosità prese il sopravvento.

Il garzone la guardò dritto negli occhi. «Lo avvelenerò, prenderò la chiave che porta al collo e fuggiremo». Le rivelò.

Un'eco risuonò lungo le scale.

«Sento dei passi» disse il garzone «meglio che vada». Chiuse lo spioncino in modo sbrigativo.

«Gabrio» si sentì dire mentre risaliva le scale «state attento».

Risalendo una decina di gradini si trovò a faccia a faccia con Asmundo.

«Padre, stavo per andarvi a cercare».

«Mi stavi cercando qui, nei sotterranei?» L'abate lo fulminò col suo sguardo.

«Sono sceso a prendere il vassoio, eccellenza». S'inventò la scusa perfetta.

«Mio caro Gabrio, sembrerebbe che voi passiate molto tempo qui sotto. Non vi starete mica innamorando di "lei"?»

Il ragazzo abbassò lo sguardo. «No reverendissimo, mai. So che è un'adulatrice del demonio».

«Bravo figliolo, sii sempre prudente e diverrai un ottimo sacerdote».

Il priore scese fino alla porta della carcerata.

«Adesso va, aspettami dove sai tu. Ti raggiungerò tra poco».

«Salve mia cara». Il religioso osservava la ragazza con gli occhi dolci, come un amorevole padre guarda il figlioletto giocare. La giovane dal buio del suo tugurio diede una rapida occhiataccia al suo carceriere.

«Andate all'inferno!» Esclamò con tutta la rabbia che aveva dentro. Girandosi faccia al muro si chiuse in un mutismo assoluto.

Asmundo la osservò per alcuni secondi, senza scomporsi più di tanto. Poi annunciò.

«Sono qui per darvi una possibilità di uscire da questa situazione, e vivere una vita pressoché serena». Il prete attese un segno, ma da dentro si sentiva solo un flebile respiro affannato.

«*Vi state ammalando, qua giù l'umidità vi rosica le ossa. Una giovane donna come voi merita di meglio*».

Ancora silenzio.

«*Vi offro una possibilità, ascoltatemi attentamente*».

PARTE SECONDA
IL PRESCELTO

Capitolo 26

Procedettero lungo una via costeggiata da macerie, quelle che una volta erano delle casupole dalle tegole rosse.

«Nulla è rimasto in piedi» osservava triste Krystel «pure le imbarcazioni ormeggiate hanno subito danni. Ne ho intraviste parecchie alla deriva, lontano dalla costa. Com'è possibile?»

«Durante il terremoto il mare si ritrasse di due tiri di schioppo» disse il religioso «il ritorno dell'onda trascinò con sé tutte le imbarcazioni ormeggiate». L'abate rivedeva tutto, il ricordo era ancora fresco e vivido.

«Siamo arrivati» disse malinconico fermandosi di fronte alla cattedrale.

Gravemente danneggiata, la chiesa più importante della città si reggeva a malapena in piedi. Solo le absidi sembravano non aver subito molti danni.

«Questo è quello che rimane della nostra chiesa madre, finita di costruire nel 1094 dai normanni». Entrarono da quello che una volta era l'ingresso principale. All'interno, molte macerie. Statue e arazzi raffiguranti santi e madonne, ormai quasi irriconoscibili. Il soffitto reggeva per miracolo. Proseguirono sotto la navata destra, dove affreschi di angeli beati pregavano l'onnipotente. L'abate si fermò dinanzi a un cancello di ferro battuto.

Oltre, una statua di donna posta su un piedistallo di marmo. Stringeva le sacre scritture sulla mano sinistra, e una croce con la destra.

Sotto la scultura un'iscrizione in latino:
"Protegas populi mei in nomine domini qui resurrexit".

Gerardo aprì una porta alla sinistra, quasi invisibile agli occhi dei forestieri. Accese una lanterna e proseguirono.

«Fate attenzione» avvertì senza voltarsi «le scale sono molto scivolose».

«Dove ci state portando?» Volle sapere Rastaban guardando bene dove mettere i piedi. I gradini erano stati corrosi dal tempo e danneggiati dal sisma.

«Vi sto portando, dove una ragazzina fu rinchiusa per anni, subendo le angherie del suo aguzzino».

Capitolo 27 **Anno del Signore 245**

«Non lo farò mai! Non vi darò questa soddisfazione!»

Diceva la giovane dopo aver appreso la notizia. Era sconvolta e presa dal panico, incredula per la richiesta fatta dal religioso.

«È la vostra unica possibilità di uscire da questo tugurio» diceva Asmundo «credetemi».

«Non andrò in sposa a quel lurido verme! Mai e poi mai!»

«Quinziano ha dato molto per me e la nostra città, vi osserva da qualche giorno, e...»

«Allora sposatevelo voi!» Urlò di rabbia.

Il tono di Asmundo si fece severo. «O sposerete il re, o subirete i supplizi che ne comporta il vostro rifiuto!»

«Preferisco le torture che unirmi a una persona così spregevole!» La giovane fece echeggiare le ultime parole nel buio delle segrete, prima di ritirarsi nell'oscurità della sua cella, ritornando nel proprio mutismo.

«Se sono le torture che volete, torture avrete!» Così dicendo padre Asmundo chiuse lo spioncino e andò via pieno di sdegno.

«Mia cara, siete sveglia?» la voce era di Gabrio.

«Gabrio, Finalmente! Asmundo vuole che sposi il proconsole Quinziano, o mi torturerà».

«Lo so». Rispose lui «Ho spiato la vostra conversazione. Io non lo permetterò, non vi lascerò nelle mani di quell'essere immondo». Affermò guardandosi dietro.

«C'è qualcuno?» domandò lei vedendolo irrequieto.

«*Nessuno*» *la tranquillizzò il giovane* «*solo che…*» *Prese un lungo respiro prima di continuare.*

«*Lui mi ha proibito di venire a farvi visita. Non potrò neanche portarvi del cibo*».

«*Le torture sono già incominciate*» *sospirò lei* «*vuol farmi morire di stenti*».

«*Questo non lo permetterò!*» *Così dicendo, le porse un fagotto.*

«*Tenete mangiate, non m'importa quello che dice quel bastardo. Appena posso, ve ne porterò altri. Lo giuro*».

«*Giuratemi che mi libererete*». *Gli chiese lei speranzosa.*

«*Lo giuro! Presto lo avvelenerò, e sarete libera*».

«Eccoci arrivati» affermò Gerardo fermandosi dinanzi a una porta dal legno massiccio, rinforzata con assi di ferro battuto.

Capitolo 28

Il religioso prese un anello di chiavi e aprì la serratura. L'antica porta si aprì con uno stridore acuto, si levò un alone di polvere. L'abate entrò per primo, seguito poi da Rastaban, Zala, Smilzo e Krystel.

La stanza era davvero angusta, anche per una persona. Era arredata da una piccola scrivania, una vecchia seggiola, un armadio angolare e un giaciglio di paglia ormai sudicio. Gli ospiti guardarono l'ambiente disagevole e lurido. L'umidità aveva ricoperto le pareti di muffe.

«Che cosa volete mostrarci?» Domandò Rastaban, sconvolto per aver immaginato una probabile sopravvivenza in quella stanza. Gli sembrava impossibile che qualcuno potesse vivere in quelle condizioni, perlomeno non per tutto quel tempo.

Gerardo prese una seconda chiave, molto più piccola della prima, aprì un cassettino dello scrittoio e afferrò una pergamena.

Alla luce della lanterna lesse:

9 Agosto 241

Caro padre, vi scrivo questa epistola con la speranza che possiate leggerla. Dopo la vostra uccisione Asmundo m'inseguì per impadronirsi del documento contenente le indicazioni precise per trovare il tesoro e impadronirsi della città.

Io gettai la fiasca contenente il papiro nelle profondità del mare. Adesso, per punizione sono sua prigioniera, ma determinata ad attendere chi possa sciogliere il maleficio e liberare la città: Colui che porta il marchio sulla sua pelle.

L'abate ripose la lettera.

«La poveretta parlava con suo padre, anche dopo la sua morte. Fu trucidato come un cane per difendere il segreto».

«Quali catastrofi subì la città?» Interrogò il capitano.

«Da quando la voce che un tesoro andava accumulandosi oltrepassò le mura della città, molti predoni e conquistatori cominciarono a invaderla in cerca della sua ricchezza. Distruggendola ogni volta».

Gerardo riprese fiato, parlava come se stesse leggendo da un libro aperto. Sfogliando le pagine della memoria una dopo l'altra continuò: «Oltre alle invasioni, forti terremoti, eruzioni vulcaniche e guerre si susseguirono ogni tre secoli circa».

«Ora capisco la reazione del barone al sentire il nome di Corvonero» affermò la donna «le sue paure sono fondate. Ha associato il *"marchio"* alla sventura».

«Arcaloro è una persona molto superstiziosa». Affermò il religioso «Se vedesse un gatto nero attraversargli la strada, si rinchiuderebbe in una grotta per giorni. Per sfuggire alla sfortuna».

«*"Il tizio che porta il marchio sulla pelle"*, chi sarebbe?» Domandò il capitano.

«Quel tale siete voi» lo informò Gerardo «avete il marchio, ma forse lo ignorate».

Rastaban guadò dritto nelle iridi Gerardo. «Non dite idiozie, si parla di quindici secoli fa o più. Impossibile!»

L'abate insistette sull'argomento facendo altre rivelazioni.
«Ci sono informazioni che indicano, con certezza, che il portatore del marchio siate voi», fece una pausa per trovare le parole adatte al caso.

«Una di queste è che il prescelto sarebbe arrivato su una nave pochi giorni dopo una grande catastrofe».

«Chiunque, potrebbe essere!» Rastaban si spazientì. «Ho visto altre navi attraccate, chiedete ai capitani di quelle. Magari uno di loro è il vostro prescelto!»

Il religioso si avvicinò all'uomo, la differenza di altezza era tanta che Gerardo dovette torcere il collo verso l'alto di quasi quarantacinque gradi. «Permettetemi un'ultima domanda, se questo non vi convincerà di essere quello che siete veramente, sarete libero di tornarvene in Norvegia».

Il capitano acconsentì a quell'ultima richiesta con una smorfia d'ironia. Non aveva mai creduto agli dei vichinghi della sua terra, figurarsi a delle leggende di altri popoli. E di certo non avrebbe cominciato in quel momento.
L'abate, fissando il volto di Rastaban proclamò: «Voi avete una screziatura alla sinistra della fronte. Sotto l'attaccatura dei capelli che ne celano la sua presenza, non è vero Rastaban?»

A quella rivelazione il capitano rimase a bocca aperta: era stato facile intuire la sua provenienza e il nome di suo nonno, ma erano in pochi a conoscere l'esistenza di quella macchia cutanea.

«Come fate a sapere questo? Chi siete veramente?»

«La leggenda parla anche d'altro» rispose Gerardo «abbassatevi, fatemi controllare una cosa». Rastaban si abbassò. Gerardo scostò una ciocca di capelli avendo la conferma di quello che aveva appena detto. «Guardate anche voi» richiamò l'attenzione dei tre, che fino al quel momento rimasero muti e immobili ascoltando i racconti del religioso. Alla luce della lanterna i compagni videro, increduli, la macchia scura sulla sua fronte.
«È vero capo» affermò il nano «hai il marchio, non me ne hai mai parlato».

Il norvegese si rimise dritto. «È solo una macchia, l'ho dalla nascita e la sua presenza non vuol dire nulla».

«È strano, ma non puoi negare l'evidenza, è proprio come ha detto» Zala condivideva lo stupore di Smilzo.

Gregorio, vedendo Rastaban ancora incredulo, aggiunse: «Vostro nonno sapeva che sareste venuto, per questo ha nascosto un indizio all'interno del vostro cappello per celarlo alla vista del nemico».

Guardava il copricapo da pirata. «Me lo rivelò anni fa, parlandomi del tesoro e del prescelto. Parlava di *"voi"* e di una leggenda tramandata da millenni»:

«Un giorno, si presenterà un giovane pirata al vostro cospetto, colui che metterà fine alle vostre sciagure. Lui è il portatore del "marchio", "il prescelto". Indosserà qualcosa che mi appartiene».

«Separate il simbolo dal vostro cappello, vediamo che indizio ha lasciato Corvonero».

Il pirata si tolse il copricapo, vedendo un filo rosso che non aveva mai notato. Con accuratezza lo tirò facilmente. Il simbolo cadde a terra lasciando un foro. Rastaban mise due dita all'interno, tirando fuori un piccolo rotolo di carta. Srotolò il piccolo foglio e cominciò a leggere:

"Caro nipote, se leggi questo messaggio vuol dire che sei sulla giusta strada. Tu porti il marchio, sei il prescelto per superare le prove e liberare la città dalle catastrofi che la percuotono. Vai alla ricerca della tua stella per affrontare la tua prima prova".

«"Vai alla ricerca della tua stella", cosa intendeva?» Il pirata sorrise. «Sempre a mettermi alla prova con i suoi indovinelli».

«Vostro nonno diceva che avreste capito, o meglio ricordato i suoi insegnamenti» avvertì l'abate.

«*"Vai alla ricerca della tua stella"*» ripeté.

La mente viaggiò a ritroso nel tempo, quando navigava in notturna a osservare le costellazioni del cielo al largo della Norvegia.

«*...Quelle due stelle caro nipote, sono Rastaban e Thuban, la testa e la coda di un essere alato arcaico come il tempo. Guardiano e difensore di antichi tesori, portatore di grandissimo sapere e conoscenza*».

"Vai alla ricerca della tua stella", ripeté dentro di sé.

«Ma certo!», ricordò.

«Ho bisogno del vostro aiuto, Gerardo!» Parlava, ancora immerso tra i ricordi. «So cosa cercare, ma non dove!».

Capitolo 29

«Come posso esservi utile?» Domandò appena fuori da quell'ambiente triste e fatiscente, diretti all'uscita.

«Dobbiamo cercare una testa di drago o qualcosa di simile» rispose il capitano.

L'abate rimuginava: "Una testa di drago..." passarono per la navata centrale, superando una grande croce bizantina.

«Credo che si riferisca ai gladiatori. Se non ricordo male secoli addietro, un guerriero...» S'interruppe. «Venite con me, nelle vicinanze c'è un anfiteatro. Forse lì troveremo quello che cercate».

Usciti da quel che rimaneva della cattedrale, si diressero a nord. Davanti a loro, oltre le macerie, il vulcano si elevava oltre le nuvole. Alto e possente dormiva un sonno irrequieto.

«Quando ebbero inizio le catastrofi?» Chiese il capitano osservando il paesaggio attorno a sé.

"Da quando!?", pensò l'abate.

«Le prime documentazioni risalgono a 476 anni prima della nascita di nostro Signore, distrutta da un certo Gerone di Siracusa. 355 anni dopo, fu la volta di un'eruzione. Poi un terremoto, nel 1169. La quarta volta nel 1194, dall'imperatore Enrico VI di Svevia. Nel 1232, dall'imperatore Federico II di Svevia. Un'altra eruzione flagellò la nostra povera città nel 1669. E giorni addietro, l'ennesimo terremoto la fece sprofondare per l'ennesima volta nell'oblio».
«Accidenti, una città sfortunata» commentò Krystel.

«Gli imperatori hanno conquistato le nostre terre solo per uno scopo, il tesoro. Non trovandolo distrussero la città, per far perdere le sue tracce, ma le informazioni si tramandano da generazioni attraverso "*custodi*". A ogni distruzione il luogo esatto cambiava, così anche gli indizi, per proteggerlo fino all'arrivo del predestinato».

Il norvegese era preso sempre più dalle rivelazioni di Gerardo, ma scettico che quel "*salvatore*" fosse lui.

«Siamo quasi arrivati» rese noto il religioso.

Svoltarono a sinistra attraversando una delle piazze principali, fermandosi di fronte all'anfiteatro.

Capitolo 30

"AMPHITHEATRVM INSIGNE". Recitava l'architrave sorretto da due colonne con capitello.

L'arena, interamente costruita in mattoni di pietra lavica, si presentò ai loro occhi. Era maestosa e senza troppi danni. Solo poche crepe. Passarono per l'ingresso principale.

«Costruito nel secondo secolo, anche in questo luogo come a Roma, i gladiatori duellavano per il piacere degli imperatori. Qui troveremo il vostro *"drago"*».

S'inoltrarono tra i resti della struttura in disuso da secoli.

«La storia narra di un guerriero di nome Kosmos talmente spietato, che cominciarono a chiamarlo il *"demone"*, o il *"drago"*».

Attraversarono il centro dell'arena, il vento del primo pomeriggio ululava tra gli spalti creando una sorta di urli, come se gli spiriti degli antichi guerrieri lottassero ancora dopo millenni.

«Perché gli assegnarono quel nome?» Volle sapere Krystel, osservando gli accessi dove le belve feroci facevano il loro ingresso.

La risposta dell'abate non si fece attendere.

«Metteva in scena una vera e propria carneficina» spiegò, «spezzava le ossa dei poveri rivali, solo per il gusto di farli soffrire».

«Disumano!» Esclamò la donna, quasi spaventata al pensiero.

L'abate spostò un mattone ai piedi di un cancello, afferrò una vecchia chiave e aprì la serratura. Legò una fune all'inferriata.

«Non allontanatevi troppo» avvisò «qui è un labirinto. Ci sono più cunicoli qui sotto che vie per la città». Oltrepassarono il cancello.

«Si narra che, circa mezzo secolo fa delle persone si addentrarono ingenuamente e senza precauzioni, perdendosi. Non fecero più ritorno».

L'equipaggio seguiva il fascio di luce creato dalla fiaccola impugnata dal religioso senza perdere il contatto con la corda, addentrandosi sempre più all'interno. Le pareti dei corridoi erano ricoperte da bassorilievi raffiguranti scene di lotta di ogni genere. Ciascun bivio era segnalato da statue raffiguranti dei romani. Rastaban guardava con fascino le sculture, immaginando com'era la vita nel secondo secolo.

«Dove siamo diretti?» Chiese Smilzo disorientato dal forte odore di umido proveniente dalle pozzanghere createsi a causa delle infiltrazioni d'acqua. Il religioso senza voltarsi diede risposta al nano: «Stiamo cercando una tomba, un bassorilievo raffigurante un demone con due corna».

«Fu sepolto qui?» Intervenne Zala. «Che tristezza».

«Kosmos non aveva famiglia, nessuna donna volle unirsi a lui, per paura di diventare una vittima. I genitori morirono di stenti, era una famiglia poverissima, mandarono il loro unico figlio a lavorare nei campi. Lì conobbe il suo mentore che lo iniziò all'arte della lotta, facendolo diventare uno spietato guerriero. Dopo la sua morte, il corpo fu deposto qui sotto in una piccola stanza, sperando che il popolo dimenticasse la sua scelleratezza». Arrivarono all'ennesima biforcazione, svoltarono alla destra della statua di "*Sator*", dio minore romano protettore delle semine.

«Siamo arrivati» avvisò Gerardo.

Il tragitto s'interruppe una decina di passi più avanti di fronte a una scultura raffigurante un gladiatore dal ghigno maligno. Come copricapo indossava un elmo con delle corna, sulla mano destra impugnava una "*sica supina*" e sulla sinistra teneva, a mo' di trofeo, la testa della sua vittima.

«Non vedo serrature.» Notò Zala. «Come facciamo a entrare?»

«Bisogna trascinare la parete dinanzi a noi…» Gerardo fece notare una grossa maniglia di ferro sulla sinistra «verso destra».

Il norvegese agguantò la maniglia, pronto a tirare. Della polvere cadde dal soffitto.

«Eccellenza se mi permettete, dopo quello che è successo nei giorni passati, io proverei subito e senza perdere tempo a entrare. Non mi sento al sicuro qui sotto».

«Provateci, e sperate che il terremoto non abbia bloccato il binario su cui posa la parete». Acconsentì l'abate.

Rastaban non se lo fece ripetere due volte, sapeva bene che a ogni terremoto catastrofico si susseguivano altre scosse di lieve intensità, che con ogni probabilità avrebbero creato altri crolli agli edifici già danneggiati. Impugnò con entrambe le mani la maniglia, cominciando a tirare con tutta la sua forza. Fece uno sforzo enorme, le vene gli sembrarono scoppiare dalle tempie, ma la parete non si mosse di un millimetro.

Il capitano strinse i denti tirando con maggior forza. La parete si spostò solo di un paio di centimetri, niente di più. Rastaban rinunciò.

«C'è qualcosa che la blocca, forse con più forza riusciremo».

Esaminò l'ambiente attorno a sé alla ricerca di una soluzione. Lo sguardo si fermò ancora una volta sul religioso.

«Eminenza, la fune che vi portate dietro, potrebbe darmene qualche metro?»

Gerardo sembrò riluttante all'idea di separarsi dalla fune, l'unico strumento che gli permettesse di tornare indietro da quel labirinto.

«Io non penso che…»

«Credo di aver la soluzione» lo interruppe il norvegese «ma ho bisogno di quella corda. Pochi metri, quattro possono bastare».

Il priore impugnò la corda cominciando a misurarne il metraggio.

«Quattro metri, ecco a voi».

Sfoderando il coltello, Rastaban recise la corda. Congiunse le due estremità e la fece passare intorno alla maniglia.

«Zala, Krystel, Smilzo. Aiutatemi! Insieme possiamo farcela ad aprire un varco. Afferrate la fune».

I quattro si misero in posizione pronti a usare tutta la loro forza.

«Al mio tre tiriamo, capito?»

Il norvegese tese la corda. «Uno… due… tre! Tirate!» Il grande tramezzo mobile vibrò, tutto l'ambiente oscillava. Cadeva altra polvere dal soffitto.

«Più forte! Comincia a cedere!» Misero ancora più energia.
«Un ultimo sforzo, ci siamo quasi!» Incoraggiava ancora il capitano.

Centimetro dopo centimetro la parete si spostò, il terreno vibrava sempre più. Diedero altri strattoni, ma per la forte tensione la fune si spezzò, facendoli cadere come birilli.

«State bene?» Volle sincerarsi il religioso. Gerardo, che era l'unico rimasto in disparte, aiutò l'arabo a rialzarsi.

Poco alla volta si rialzarono tutti, indolenziti e ammaccati, ma interi.

«Cos'è successo?» Domandò il nano.

«C'è stato un terremoto, una scossa di assestamento» spiegò Gerardo.

«Meglio sbrigarsi, non mi va di fare la fine del topo in trappola». Il nano tossì. Le polveri si dispersero lasciando un varco di pochi centimetri.

«La parete, siamo riusciti nell'impresa».

L'abate recuperò la fiaccola. Varcarono l'ingresso della tomba, la prima cosa che risaltò ai loro occhi fu l'assenza di sepolcri, lapidi, o di qualunque altra cosa che richiamasse la presenza di una tomba.

Il capitano avanzò verso il centro, avvistando un oggetto.

«Una piuma» osservò sotto la fiamma «nient'altro».

La stanza era completamente vuota, come se Kosmos non fosse mai stato sepolto in quel luogo.

«Com'è possibile?» Si chiese l'abate «eppure la tomba è quella giusta». Non sapeva come spiegare l'assenza totale di oggetti funebri.

«Che la tomba sia stata trafugata secoli fa, senza che ne denunciassero il reato?».

Rastaban pensava sommessamente. *"Perché il sepolcro era vuoto? Chi era Kosmos da porre tante attenzioni a dei trafugatori di tombe? Che ci faceva li quella piuma? E se..."*

«Eccellenza, chi sconfisse Kosmos?»

L'abate ci pensò, «Credo che si facesse chiamare *"Eltanin"*».

«*Eltanin*» ripeté il norvegese «ne siete certo?».

«Non ho la sicurezza assoluta, perché?»

«Abbiamo sbagliato tomba».

Capitolo 31

«Come fate a esserne così sicuro?» Volle sapere il religioso.

«"*Eltanin*" o "*El-tannin*" per la lingua araba significa "*Dragone*"». Spiegò il capitano senza troppi giri di parole.

«Capisco, ma per arrivarci è meglio se prima…» Altra polvere cadde dal soffitto.

«Eccellenza!» La voce di Rastaban si fece irritata «Portateci da questo Eltanin prima che ci crolli tutto addosso». La preoccupazione del capitano era forte, era già stufo di quella situazione.

«Eltanin si trova dalla parte opposta, a Sud». Rispose con risentimento. Il religioso non sopportava che un forestiero lo interrompesse usando quel tono di voce.

Ripercorsero la strada del ritorno seguendo la fune, in pochi minuti si ritrovarono all'aperto. Passarono per un corridoio che li portò al cancello Sud. Gerardo aprì il vecchio catenaccio, annodò la corda e si addentrarono. Il lato Sud dell'arena era simile a quello Nord, salvo per un particolare. I bassorilievi all'ingresso delle tombe, anziché essere adornate da emblemi di lottatori, avevano immagini di personaggi della mitologia greca.

«*Bellerofonte*!» Krystel ne riconobbe uno. «L'eroe che sconfisse la "*Chimera*"».

«Esatto!» Dichiarò l'abate. «Qui riposano i corpi dei gladiatori che si sono battuti con grande coraggio. "*Bellerofonte*" lottò e vinse contro tre leoni, sopravvisse al morso di un serpente velenoso e si batté contro un guerriero che indossava un teschio di capra come elmo, divenendo così un eroe».

Gerardo aveva reso comprensibile con poche e semplici parole l'importanza di quella parte dell'arena. *Perseo, Achille, Anchise.* Passarono molti sepolcri prima di arrivare al bivio segnalato dalla statua raffigurante *Flora*, dea dei fiori e della primavera. Svoltarono a sinistra, circa quaranta passi più avanti imboccarono un corridoio con delle iscrizioni in latino.

«Qui riposano i gladiatori immortali». Tradusse l'abate.

Il percorso continuò ancora, l'abate distese quasi tutta la corda che permetteva un ritorno sicuro. L'atmosfera cambiò, degli spifferi gelidi trapelavano dalle crepe apertesi a seguito del terremoto, la fiamma che illuminava l'oscurità creava ombre sinistre lungo il percorso. Il cunicolo prese una svolta a destra, a pochi passi, solo una parete. Era una strada senza uscita.

«Fine della corsa». Disse Smilzo. «Avete sbagliato strada. È un vicolo cieco».

Gerardo si voltò tenendo in mano la parte finale della fune. «Niente affatto, siamo arrivati». Si mise da parte, alla sua sinistra un bassorilievo apparve ai loro occhi.

«Il drago!» Si stupì il nano.

La scultura rappresentava un essere dalle grandi ali, che sorvolava sopra dei soldati armati di lance.
«Non vedo maniglie o serrature, come entriamo?» Domandò Krystel osservando attentamente il tramezzo.
«Purtroppo non so darvi questa informazione, solo che il corpo di Eltanin si trova dall'altra parte».

Il norvegese strappò la fiaccola dalle mani dell'abate e cominciò a cercare un probabile indizio. Perlustrò tutto il perimetro, senza trovarne alcuno.

La fiamma che li guidava si spense.

«Lo sapevo che avremmo fatto una brutta fine!» Ringhiò il piccolo uomo.

«Niente paura» lo tranquillizzò il religioso «si sarà esaurito l'olio della torcia». Frugò tra le tasche del saio nel buio più nero. Agguantò un acciarino e una boccetta contenente del liquido.

«Rastaban, passatemi la torcia!» L'abate maneggiava l'oggetto con abilità, creando scintille parecchio luminose.

Il capitano si fece avanti incerto, seguendo lo scintillio: «Ci sono, accendetela».

«Aspettate!» Esclamò Zala «Rastaban, guarda dietro di te».

«Cosa c'è dietro di me?» Si voltò, rimanendo attonito.

Delle sfere rosso fuoco brillavano nell'oscurità. Come due occhi malefici, fissavano chi gli stava davanti.

«Ma che diavolo…» Si avvicinò fermandosi a pochi centimetri da loro.

«La torcia!» Tese la mano.

«Quasi pronta, non è facile con quest'oscurità!» Gerardo consumò tutto il liquido infiammabile provando a ricoprire la torcia come poteva. Maneggiò il battifuoco producendo scintille, cercando di indirizzarne qualcuna sopra la parte fibrosa. Ci riuscì dopo svariati tentativi. La torcia riprese a illuminare l'oscurità, le due sfere luminose svanirono sotto il chiarore della fiamma. Il capitano rimase a fissare ciò che prima era due occhi luminescenti. Ispezionò la scultura, con indice e medio fece pressione sulle pupille del drago.

Gli occhi si ritirarono, risuonò un rumore meccanico e la serratura si sbloccò facendo abbassare la parte centrale della parete.

Oltre, solo le tenebre.

Capitolo 32

«Il pirata e quel monaco sono sistemati» diceva un tizio di fronte al suo interlocutore che gli dava le spalle.

«Ne sei sicuro, non ci daranno più fastidio?» Volle sincerarsi l'uomo, accarezzando l'elsa d'oro della sua spada.

«Sì, non sono ancora morti, ma considerateli tali» sorrise. «Non vedranno più la luce del sole fidatevi di me».

«Mi fido di voi Brando, in ogni caso tenetemi aggiornato» disse il tizio andandosene senza degnarlo di uno sguardo.

Capitolo 33

L'abate entrò per primo, appiccando il fuoco alle fiaccole ai quattro angoli della sala mortuaria e illuminando a pieno l'interno.

«Che spettacolo!» Krystel rimase affascinata per quello che si presentò ai suoi occhi.

L'interno della sala era adornato da sculture raffiguranti angeli, una per ogni parete, tutte rivolte verso il centro, dove un sarcofago, completamente in pietra lavica e con i rilievi dorati, attendeva di essere aperto. Il norvegese si accostò alla sinistra del sepolcro ammirandone l'effigie: un gladiatore con la spada rivolta verso l'alto in segno di vittoria e un cane a tre teste che giaceva ai piedi del lottatore.

«Eracle!» Disse sorpreso Zala, ammirando il simulacro. «Colui che catturò "*Cerbero*", guardiano degli inferi, consegnandolo a Micene».

Rastaban mise le mani sul coperchio del sarcofago, pronto a rivelarne l'interno. «Vieni ad aiutarmi, a noi interessa cosa contiene» gli fece cenno di avvicinarsi.

L'arabo si affiancò al capitano, pronto a far leva. Il coperchio era massiccio, ma l'energia di due uomini sarebbe stata sufficiente. Con la forza necessaria, il sarcofago si aprì senza opporre grande resistenza. Una struttura ossea apparve ai loro occhi, in posizione supina da ormai chissà quanti secoli.

«Solo uno scheletro nudo» si rammaricò Smilzo «nient'altro».

Rastaban allungò le mani in direzione del corpo ormai decomposto.

«Forse tra le ossa troveremo qualcosa» sperava.

Cominciò a frugare sollevando quello che un tempo erano le braccia muscolose del lottatore.

Passò al torace, al bacino, alle caviglie senza trovare nulla.

«Non resta altro che il teschio».

Afferrò e sollevò la testa del guerriero, ma sotto non c'era nulla. Infilò due dita nelle cavità degli occhi… niente. Passò alla bocca, aprì le mandibole ed estrasse un piccolo sasso piatto. Osservandola attentamente, vide che la pietra era segnata da linee apparentemente insignificanti.

«Che cosa diavolo vorrebbe significare?» Il capitano si voltò verso i compagni.

La terra subì un altro sussulto, caddero dei calcinacci. Una delle statue già danneggiate cadde rovinosamente frantumandosi in mille pezzi. L'abate si aggrappò al bordo del sarcofago cercando di mantenere l'equilibrio. «Potremmo pensarci in un altro momento? Qui crolla tutto». Gerardo afferrò la fune. Facendosi il segno della croce uscì dalla sala mortuaria di alcuni metri.

«Per tutti gli angeli del paradiso!» Esclamò terrorizzato. Teneva in mano le due estremità della corda.

«È stata tagliata» si disperò.

La notizia sconvolse l'intera compagnia, nessuno avrebbe voluto essere sepolto vivo.

«Non fatevi prendere dal panico!» Li incoraggiò il capitano. «Ne usciremo vivi».

«Come vorresti uscirne vivo da questo labirinto sotterraneo?» Chiese scorato il nano, «la nostra unica speranza di uscita è stata tagliata!»

«Evidentemente qualcuno non vuole che troviamo il tesoro» evidenziò l'arabo.

«Per prima cosa ognuno di noi prenda una fiaccola» mise in chiaro Rastaban «più luce abbiamo e meglio è».

«Cominciamo nell'uscire da qui. Ricordiamoci la strada che abbiamo fatto, e ripercorriamola al contrario».

Uscirono e cominciarono a incamminarsi prendendo le direzioni opposte a quelle che li avevano portati fino al sepolcro di Eltanin. Passarono parecchi minuti, l'uscita non si vedeva ancora. Continuarono a camminare finché non s'imbatterono in un incrocio con tre aperture.

«Dannazione!» Inveì Krystel. «E adesso?»

Gerardo si accostò nei pressi della galleria di sinistra, passando poi a quella del centro e infine a quella a destra.

«Non sono segnalate, probabilmente siamo finiti in gallerie ancora più antiche» sospirò. «Lo sapevo che dovevamo tornare con una guida esperta, ma voi non mi avete neanche fatto finire di parlare».

«Rastaban!» Intervenne Zala «Che direzione prendiamo? La mia torcia comincia a esaurirsi».

«A destra!» Disse a voce alta Smilzo. «Capo andiamo a destra».

Il norvegese ispezionò la galleria indicata, «perché mai sei convinto che sia quella giusta?»

«Non sono convinto che sia la strada giusta, ma sento dell'aria fresca giungere da lì. Voi non la sentite?».

«Io non la sento» dichiarò il religioso «ma a questo punto una strada vale l'altra».

C'era un tono di sollecitudine nelle parole dell'abate, forse nata per la preoccupazione dovuta al tremolio della sua fiaccola.

«Nessuno ha idea di che direzione prendere» confermò l'arabo «ma sbrighiamoci, la mia torcia si è spenta».

Imboccarono il varco proposto dal nano.

La galleria era stata completamente scavata a colpi di bulino, molti secoli prima rispetto alla costruzione dell'arena, edificata nel secondo secolo. L'assenza di mattoni e calce ne erano le prove. Il tunnel piegò a destra per una ventina di metri, aprendosi in una stanza ovale. Quello che si presentò davanti ai loro occhi fu davvero raccapricciante.

«O mio Dio! Faremo la stessa fine!»

La preoccupazione del religioso si tramutò in terrore per la macabra visione. Una serie di scheletri, sette in tutto, erano adagiati in fila, con le spalle al muro. Rastaban si avvicinò a una delle carcasse, una donna a giudicare dagli abiti. Stringeva a sé quello che sembrava un foglio scribacchiato.

Ne prese possesso, e iniziò a leggere il contenuto:

Giugno 1517.

"Doveva essere un'avventura da raccontare agli amici davanti a una birra, una storiella per i nipoti adatta a conciliare il sonno. Ma sono giorni che vaghiamo in questi sotterranei in cerca di un'uscita che forse non esiste".

"Cercando la strada del ritorno abbiamo imboccato un corridoio errato, perdendoci per sempre".

"Ormai ho smarrito la cognizione del tempo".

"Mi chiamo Erminia. Alla mia sinistra ci sono Aldobrando e Bianca, alla mia destra le sorelle Isadora e Griselda, Edmondo e Gano".

"La nostra curiosità ci è stata fatale, chiediamo perdono a tutti per la nostra scelleratezza e a Dio per i nostri peccati".

«Isadora e Griselda,» mormorò Krystel «i due corpi abbracciati».

«L'ultimo abbraccio prima di morire» aggiunse il fratello.

«Erano ragazzi non oltre i diciotto anni, poveretti» a Gerardo scivolarono delle lacrime.

«Dobbiamo uscire immediatamente, continuiamo a camminare» fece premura Rastaban indicando un cunicolo.

L'abate diede l'estrema unzione ai sette corpi, dopo più di un secolo le loro anime avrebbero trovato la pace.

Ripresero il passo alla ricerca di un'uscita, sperando di non fare la fine dei sette ragazzi.

Lasciarono la stanza ovale proseguendo lungo il condotto alla loro sinistra.

Si addentrarono sempre più nelle profondità.

La strada in pendenza sembrava la discesa verso all'altro mondo.

Capitolo 34

Sfiniti, con ormai l'ultima fiaccola tremolante a illuminare l'oscurità, i cinque procedevano a caso a ogni bivio che gli si presentava.

«Dove potremmo essere?» La domanda era retorica, il nano non si aspettava una risposta.

Il capitano percorreva la strada con l'ultima torcia rimasta accesa, «Comincia a mancarmi l'aria, devo riposarmi un po'».

«Ho bisogno di fermarmi anch'io» affermò il religioso.

Si sedettero appoggiandosi alla parete, senza aver la forza di articolare una semplice frase.

Passò un intervallo indefinito, poi il silenzio fu spezzato dall'arabo.

«Sento l'odore salmastro del mare, il profumo delle rocce bagnate dall'acqua, una leggera brezza».

«La mancanza d'ossigeno crea delle allucinazioni» affermò il capitano.

«Non pensavo di morire così presto, speravo di sposarmi e avere dei figli» sospirò la donna.

«State zitti!» Comandò Smilzo alzando la testa. «Sento pure io odore d'acqua marina».

Con un guizzo si sollevò creando curiosità tra i compagni, che lo osservavano senza troppo entusiasmo.

Annusando l'ambiente incitò tutti a rialzarsi.

«Muovetevi, siamo vicini all'uscita» scippò letteralmente la torcia dalle mani del suo capo, cominciando a riprendere fiducia in se stesso.

«Non possiamo mollare adesso».

Con le ultime forze, Rastaban, Gerardo, Zala e Krystel seguirono il nano senza porsi domande. Proseguirono per un centinaio di metri, il frastuono delle onde si faceva sempre più nitido. Cominciarono a riprendere le forze assorbendo l'aria fresca portata dal mare.

«Ci stiamo avvicinando» affermò Smilzo «dobbiamo uscire prima che la luce ci abbandoni».

La torcia si spense poco dopo, il buio li avvolse completamente.

Un barlume di luce lungo il tunnel richiamò l'attenzione del norvegese. I suoi occhi si erano adattati per primi all'oscurità.

«Guardate, lì in fondo, vedo un bagliore».

Seguirono la fonte luminosa che cominciò a essere sempre più intensa e tremolante. Arrivarono all'uscita del tunnel, il tremolio luminoso divenne il chiaro di luna. Risalirono la parete rocciosa che li riportò tra le macerie della città.

«Dove siamo finiti?» Si domandò Rastaban.

L'abate si guardò attorno comprendendo dov'erano: «Siamo finiti a Est» stabilì con certezza «a pochi chilometri dalla cattedrale».

«Ho bisogno di riposare». Smilzo si sedette. Erano tutti provati, scampati a morte certa.

«C'è una locanda vicino, la "*Platea Magna*"» informò Gerardo, «potrete alloggiare lì, non ha subito danni evidenti».

Percorsero la strada sotto il chiaro di luna, finalmente liberi dall'oscurità dei sotterranei.

Capitolo 35 Anno del Signore 249

Una figura in ombra s'inoltrava nelle viscere della terra, furtiva cercava di fare il minimo rumore possibile. Solo di fronte a una soglia fermò la sua prudenza.

«Chi c'è!» Strillò la persona dall'altra parte.

«Sono io, mia cara, venuto per portarvi via da qui» la voce di Gabrio era appena percettibile. Il giovane aprì la massiccia porta mettendosi in mostra davanti alla ragazza.

«Gabrio!» Fu contenta di vederlo. «Avete mantenuto la promessa, siete venuto a salvarmi».

Un abbraccio li unì. Quello era stato l'unico contatto umano avuto dalla ragazza dopo anni di prigionia.

«Dobbiamo sbrigarci! Mettetevi qualcosa di pesante, fuori si gela».

La ragazza si coprì con una coperta prima di passare la soglia della sua prigione.

«Come avete fatto con padre Asmundo?»

Gabrio l'afferrò per mano cominciando la risalita verso le cucine. Lì giaceva il corpo esamine dell'abate, riverso a pancia in giù.

«O mio Dio! L'avete ucciso veramente».

«L'ho dovuto accoltellare alle spalle» rispose «le mie informazioni erano sbagliate».

«Sbrighiamoci, fuori vi attende chi vi porterà lontano da qui. Verso la libertà».

Passarono sotto la navata destra, per poi fermarsi nei pressi di un'uscita secondaria. Gabrio fece per aprire la piccola porta. La ragazza lo fermò bloccandogli la mano.

«Gabrio, voi verrete con me vero?» Il giovane la guardò dritto negli occhi.

«Non posso» rispose con rammarico il giovane «devo dare l'allarme della morte di Asmundo, se fuggissi sospetterebbero di me. Vi prometto che vi raggiungerò appena possibile».

Aprì l'uscio. «Adesso andate, oltre il sagrato vi attende una carrozza».

La giovane si avvicinò al suo salvatore, gli accarezzò i capelli delicatamente e lo baciò. Un bacio dal sapore tra libertà e tristezza. Il buio pesto della notte avvolgeva la città, la giovane si affrettò ad attraversare lo spiazzo esterno alla cattedrale. Si bloccò a due passi dalla cancellata che la separava dal suo destino, voltandosi indietro diete un'ultima occhiata verso il giovane.

«Gabrio» disse «ricordatevi di mantenere la vostra promessa».

In piazza una carrozza attendeva la sua passeggera. Al nitrito del cavallo la carrozza si avviò. Il garzone richiuse la porta e mise in atto la sua messinscena.

Capitolo 36

Passato il resto della notte alla locanda, Rastaban, Smilzo, Zala e Krystel, andarono di buon mattino dall'abate. Percorsero quei metri che li separavano dalla cattedrale in pochi minuti, la gente intorno a loro continuava a cercare tra le macerie. Erano passati molti giorni da quando il cataclisma rase al suolo l'intera città, ma gli abitanti non si rassegnavano e cercavano ancora superstiti.

Arrivarono nei pressi del sagrato, dove li attendeva l'abate.

«Vi aspettavo con ansia» disse appena li ebbe accanto.

«Venite dentro».

«Cosa vi affligge?» Interrogò il norvegese.

«Ho saputo chi ha tentato di farci perdere nei sotterranei».

Il suo sguardo si posò su un affresco rappresentante una giovane donna che osservava una luce celestiale. La tristezza prese il sopravvento.

«Eccellenza!» Il capitano richiamò la sua attenzione. «Chi portò via la corda facendoci perdere dentro l'arena?»

Gerardo ritornò in sé.

«Chiedo perdono per la mia debolezza» si scusò.

Si sedettero su una panca di fronte al grande crocefisso centrale.

«L'uomo che ci ha teso quella trappola» cominciò «lo videro andar via di corsa con la fune, diretto in una locanda lì vicina. Il proprietario afferma di averlo sentito confabulare con un altro uomo. Purtroppo non è riuscito a vederlo in volto».

«Ne siete certo?»

«Sicuro» confermò il religioso.

Il capitano si alzò nervoso.

"Maledizione, Thuban è sulle nostre tracce", pensava, "sa sempre dove siamo. Probabilmente sa anche qual è la nostra prossima destinazione".

«C'è qualcosa che ancora non ci avete detto?» Chiese, sperando di acquisire altre informazioni.

«Purtroppo» l'abate riprese la parola «vostro nonno non ha detto altro, solo della pergamena trovata sul vostro copricapo».

Il capitano rimuginava le frasi lette sulla pergamena. Prese la mappa che lo portò fin lì cominciando a osservarne le linee segnate sul retro e i suoi simboli. Comprese che le informazioni che andava cercando non le avrebbe trovate lì, non quelle che gli servivano. Rastaban alzò la testa, vide che tutti fissavano i simboli sulla cartina. La piegò in fretta, poi la occultò in una tasca interna.

«Ho scoperto dove trovare il prossimo indizio» affermò.

«Eccellenza, pare che lei debba far parte del mio equipaggio. Devo chiedervi ancora una volta di aiutarmi nelle ricerche».

Capitolo 37

I cinque uscirono dalla cattedrale, fermandosi sul piazzale di fronte.

«Che cosa dobbiamo cercare stavolta?» Domandò impaziente Zala.

«Ho osservato attentamente l'oggetto trovato dentro il sepolcro di Kosmos», raccontò il norvegese.

«Se i miei ragionamenti sono esatti» spiegò «la penna è una traccia, apparteneva a un uccello rapace, un Falcone, per essere precisi. Corvonero voleva che la trovassi, dobbiamo cercare un indizio che ha a che fare con un falcone, o qualcosa di simile».

Gerardo fece ricorso alla sua memoria.

«Il falcone» disse l'abate «uno dei volatili posseduti dal re Federico II».

«Sapete, dove trovarlo?» Chiese il norvegese.

L'abate rifletté.

«Credo di poter sapere dove trovare il luogo che riguarda il prossimo indizio».

Percorsero la strada diretti sulla parte meridionale del centro abitato.

Imboccarono viuzze strette arrivando nei pressi di un complesso termale di epoca romana.

«Siamo quasi arrivati» affermò il religioso attraversando un incrocio per poi svoltare a sinistra.

Una fortezza si presentò davanti a loro in tutta la sua grandezza.

«È il castello del golfo, fu costruito dall'imperatore Federico II di Svevia nel 1239» spiegò «con la mansione di difendere la città».

Era un enorme quadrato di 164 piedi per lato, con delle scarpate che lo slanciavano, alto 100 piedi e con torri circolari che lo rendevano un colosso architettonico dalle mura in pietra lavica.

«È notevolmente imponente» sostenne il norvegese ammirandone la struttura.

«Venite, ammiratelo più da vicino».

Passarono per il ponte sopra il dirupo dopo aver attraversato il grande giardino. Il nano non poté far a meno di osservare l'altezza che lo separava dal suolo. Arrivarono all'ingresso principale.

Gerardo aprì la grande porta.

Capitolo 38

L'interno si presentò con delle sale ornate da eleganti volte a costoloni, da pregiati capitelli intarsiati e da grandi archi ogivali. Ai lati, delle statue di Afrodite d'epoca ellenistica completavano l'atrio. Accedettero in un salone, dove probabilmente il re consumava i suoi pasti. Appeso sulla parete, dietro la poltrona regale, un arazzo raffigurante un uomo. Una targa in basso recitava:
"CUM PUBLICE CORONAM REGALEM NOVIS SICILIA REGEM NOVEMBER XXVII, MCXCVIII – DECEMBER XIII, MCCL".

«Quell'arazzo rappresenta Federico II di Svevia, incoronato come nuovo re di Sicilia. Il 27 Novembre 1198» spiegò il religioso.

«Morto di dissenteria il 13 dicembre 1250».

«Era un falconiere amante degli uccelli rapaci, il falcone era il suo preferito».

Il capitano rifletté alcuni istanti. «Dove potremmo trovare tracce della sua presenza?»

L'abate sospirò: «Purtroppo non sono state trovate testimonianze della sua presenza. Si narra però che il re abbia fatto costruire in totale segreto una stanza, dove riponeva i suoi oggetti più preziosi. Forse all'interno troveremo quello che cercate».

«Spiegatevi meglio, cosa sapete di questa sala segreta?» Domandò il capitano.

Gerardo riprese la parola.

«Pare che per aprire la serratura bisogna trovare la combinazione esatta, scegliendo tra delle figure animalesche disseminate in tutto il perimetro interno della fortezza».

«Animali come questo?» Interruppe Zala osservando una piccola scultura sulla parete, raffigurante una testa di leone.

«Esatto, purtroppo nessuno sa quali di questi animali bisogna trovare e in che senso abbinarli. L'accesso non è mai stato trovato».

«La serratura si aprirebbe facendo pressione sugli altorilievi?» Domandò ancora Zala.

«Capovolgendoli». Corresse Gerardo. «Il problema è trovare gli animali esatti, presenti uno in ogni sala. Decine per piano».

«Un'infinità di combinazioni...» Intervenne il nano. «come facciamo a scoprire la combinazione esatta? Forse tra cent'anni ci riusciremo».

«Proviamo prima a cercare ed elencare tutti gli animali, dividendoci faremo prima».

«Zala, Krystel e Smilzo, andranno ai piani alti, io e l'abate perlustreremo il pianoterra e i sotterranei. Ci ritroveremo qui tra due ore».

I due gruppi si separarono alla ricerca degli altorilievi. In quel momento un losco figuro faceva il suo ingresso da un varco secondario, addentrandosi nelle profondità del castello.

Capitolo 39

«È impossibile!» Si lamentava il nano. «Abbiamo girato quante, venti stanze? Come riusciremo a trovare la combinazione esatta? Senza contare le sale del prossimo piano e quelle perlustrate da Rastaban e il *prete*».

«Su non scoraggiarti, troveremo una soluzione, basta avere un po' di pazienza» disse Krystel cercando di acquietare la rabbia che il nano portava dentro. La donna si trovava in una stanza adiacente.

«Comunque, Gerardo è un abate, non un *prete*» evidenziò la donna.

«Sono la stessa cosa» rispose il nano spazientito.

«Non esattamente» replicò lei «l'abate è la guida di una comunità monastica completamente indipendente, come i Benedettini o i Basiliani, l'altro no. La differenza sta nell'avere, o non avere la completa autonomia».

«Qui c'è un "topo"» la voce dell'arabo squillò dall'altra parte del corridoio. Sperava di porre fine a quel dibattito inutile.

Il piccolo uomo entrò in un'altra sala.

«Per non bastare» riprese a lamentarsi «semmai trovassimo tutti gli animali, dovremmo tornare a cercare. Vi rendete conto di quante combinazioni ci possano essere? Passeremo il resto della nostra vita a cercare, senza mai vedere la sala segreta».

La stanza era abbellita con statue di marmo che incarnavano uccelli rapaci.

«Eccone un altro, una giraffa».

«Krystel! Hai segnato quest'altro?»

Il nano non ricevette risposta.

«Zala, Krystel! Ci siete?» Urlò con più enfasi.

«Ci mancava solo questa, sono andati avanti senza di me».

Cominciò a vagare a vuoto alla ricerca dei compagni, perlustrando ogni stanza e urlando i loro nomi. I due arabi sembravano essere stati inghiottiti dalla fortezza. Un rumore alle sue spalle gli fece capire di non esser solo. Avvertì una presenza a pochi centimetri da lui. Si voltò con agilità, ma nulla, dietro di lui non vide nessuno. Uscì dalla stanza, una figura girò l'angolo alla sua sinistra.

«Ragazzi, siete voi?»

Silenzio.

Si apprestò a seguire l'individuo intravisto poco prima, noncurante di eventuali pericoli. Svoltò l'angolo pensando di trovare Zala pronto a fargli un brutto scherzo. Entrò nella camera vicina, sicuro di trovare gli arabi.

Vuota.

La sensazione di non essere solo si ripresentò. Un losco figuro spuntò alle sue spalle, furtivo e silenzioso, pronto ad aggredirlo.

Capitolo 40

«Quanti ne abbiamo trovati?» Domandò il norvegese segnando l'ennesimo simbolo, un Gallo.

L'abate controllò la lista: «Siamo a quindici, ne mancano ancora otto».

«Sbrighiamoci a trovarli, sono stufo di cercare».

Si trovavano nelle segrete del castello dove erano rinchiusi gli eretici, le streghe, o semplicemente chi si rifiutava di pagare le tasse.

Un forte odore d'acqua stagnante e salmastra toglieva il respiro. Perlustrarono le camere in pochi minuti, cercando solo i simboli.

«Questo è l'ultimo» confermò il religioso dopo circa mezz'ora, «un'aquila».

«Bene» Rastaban lodò le ultime parole dell'abate con sollievo, «sbrighiamoci a tornare su, ho bisogno d'aria fresca».

Salirono le scalinate che li portarono al pianterreno. Lì li attendevano i due arabi.

Capitolo 41

Smilzo si dimenò cercando di sfuggire alla presa che lo aveva bloccato, in poco tempo si ritrovò legato e imbavagliato, chiuso al buio chissà dove.

Dei passi lo fecero ritornare in sé. Si sentì aprire una serratura e il piccolo uomo cadde a terra. Era stato rinchiuso dentro un armadio.

Davanti a lui si presentarono due uomini. Il primo, alto e gagliardo con ancora in mano la chiave, aveva abbigliamenti marinareschi, una sciabola dietro le spalle e una bandana come copricapo. Accanto a lui, un losco figuro completamente avvolto da un mantello. L'incappucciato mostrava solo le mani, due arti orrendamente deturpati.

Quest'ultimo si avvicinò al nano; a un palmo dal naso dello Smilzo, disse: «Adesso vediamo quanto tiene a te il tuo padrone».

Gli liberò la bocca solo per sentire il terrore attraverso la sua voce. Il nano prese respiro e cominciò a inveire contro i suoi rapitori.

«Tu, maledetto! Io non ho padroni, liberatemi! Non la passerete liscia!»

«Oh, sì che ce l'avete un padrone. E voi, mio caro Smilzo, siete diventato merce di scambio per quello che voglio da lui».

«Prendetelo» parlò al suo accompagnatore «è giunta l'ora di agire».

Smilzo si affannò inutilmente nel tentativo di liberarsi.

«Lasciatemi, maledetti!» Ripeteva.

«Smilzo!» Urlavano i suoi compagni d'avventura, separatisi con la speranza di ritrovarlo più in fretta.

Erano passati parecchi minuti dalla scomparsa del nano, forse anche ore. «Dove ti sei cacciato stupido nano» Zala ripercorse tutto il tragitto entrando in ogni singola stanza.

Poco dopo tornò al pianterreno, con la speranza che fosse stato ritrovato dagli altri.

«Che cosa proponete di fare?» Chiese l'abate attendendo il loro ritorno nell'atrio.

«Abbiamo cercato ovunque, ma di Smilzo nessuna traccia». Rastaban non sapeva dove andarlo a cercare. Spesso si cacciava nei guai, ma era sempre lì a chiedere aiuto. Tranne quel giorno.

Un cigolio attirò l'attenzione dei quattro.

In prossimità di un uscio si presentarono tre tali, il marinaio, il tizio dagli arti deturpati e il povero nano, ancora legato.

«Ciao *"Asuia"*» disse l'incappucciato «sono contento di rivederti. Ancora vivo, purtroppo».

Il norvegese osservò il tizio che teneva in ostaggio il nano.

«Thuban! Maledetto bastardo, lascialo!» Estrasse la spada, pronto ad affrontare il suo rivale.

«Sta fermo lì, o il tuo caro amico farà una brutta fine». Thuban aveva puntato alla gola del nano un coltello, pronto a sgozzarlo, «sai che lo faccio, riponi l'arma e nessuno si farà male».

Ci furono degli attimi che parvero interminabili.

Il capitano era combattuto tra avventarsi sul nemico uccidendo definitivamente il rivale e perdere, con molta probabilità, l'amico di sempre o deporre l'arma, correndo il rischio di venir ucciso in futuro, magari colpito alle spalle da una carogna al suo comando.
Thuban attendeva, osservava i movimenti del rivale con occhi pieni di odio, ma fieri per come si era messa la situazione. Sicuro di sé fece

pressione col coltello. Dal collo del nano cominciò a uscire un rivolo di sangue. A quella visione Rastaban reagì.

Impugnò con forza la lama, e la ripose dentro il fodero di pelle. Non poteva permettere che Smilzo morisse, aveva ancora bisogno di quel bifolco.

«Thuban, che tu sia maledetto! Perché mi perseguiti?»

L'aggressore prese la parola, arretrando verso l'uscita.

«Ti propongo uno scambio, la vita del tuo servo per il tesoro che vai cercando in queste terre».

Preso dalla rabbia, Rastaban inveì contro il rivale di sempre.

«Lurido vigliacco, non ho quello che mi chiedi, e non so se mai riuscirò a ottenerlo».

«Non ancora» replicò l'uomo dal volto coperto, «ma so che riuscirai nell'impresa, o il nano farà una brutta fine».

Abbracciò il poveretto, che piangeva e implorava aiuto con lo sguardo.

«Non preoccuparti amico, andrà tutto bene» provò a tranquillizzarlo «presto sarai libero».

Un altro passo e i rapitori sarebbero fuggiti con l'ostaggio. Un sussulto colse di sorpresa tutti, Rastaban e compagni si misero in sicurezza evitando di essere travolti da eventuali crolli. La scossa durò pochi secondi, senza creare altri danni. Passato lo spavento e tornato il silenzio, Thuban e il suo scagnozzo erano svaniti, portando con sé la loro preda. Rastaban corse verso l'uscita, il sole era tramontato completamente lasciando all'orizzonte una linea sottile infuocata. Un nitrito attirò la sua attenzione, cadde all'indietro per non essere investito. Per poco la carrozza non lo travolse.

Un'ombra si affacciò dal finestrino.

«Sbrigati *"Asuia"*, il tempo scorre!» Il calesse sfrecciò, svanendo dietro l'angolo.

La voce del rivale di sempre echeggiò ancora.

«Ci rivedremo presto».

Capitolo 42

Pur avendo il camino acceso, al capitano l'ambiente circostante parve freddo. Gli ultimi avvenimenti l'avevano scosso raggelandogli il sangue dentro. Passata la notte in bianco, il norvegese si soffermò sugli indizi per scoprire l'ingresso alla sala segreta del castello.

L'unica possibilità per rivedere Smilzo vivo era quella di ritrovare il tesoro. Aveva bisogno della massima concentrazione.

Prese la lista di tutti gli altorilievi trovati e cominciò a esaminarla.

"Falco, Leone, Zebra, Effimera, Cigno, Cavallo, Delfino, Iena, Ramarro, Serpente, Lupo, Elefante, Falena, Ibis, Orso, Aquila, Cervo".

Questi erano gli animali elencati: cinquanta simboli, doppioni compresi.

«Una serratura a cinquanta cifre sembra troppo complessa. Anche tenendola a mente, il re avrebbe impiegato molto tempo per aprire l'ingresso».

Parlava a sottovoce.

«Quasi certamente la combinazione riguarderà la filosofia di vita del re».

Iniziò a confrontare gli animali perdendo la cognizione del tempo. Ore e svariate combinazioni più tardi, era ormai il primo pomeriggio, la stanchezza prevalse su di lui. Non riusciva più a focalizzare. Non si perse d'animo e cominciò a borbottare parole sconnesse.

Elefante, Orso, Ramarro, Delfino...

La stanchezza lo faceva delirare. Prese un pezzo di carta cominciando a segnare le possibili combinazioni. La testa gli scoppiava, si distese sulla poltrona chiudendo le palpebre per pochi secondi.

Quando riaprì gli occhi, fuori era appena l'alba. Aveva dormito per una dozzina di ore, forse più.

Esaminò il pezzo di carta che stringeva ancora. Corse fuori dal suo alloggio. Cominciò a bussare insistentemente e con forza alla porta della camera accanto. Dopo pochi secondi aprì un uomo ancora preso dal sonno.

«Ben tornato» proferì Zala «sono due giorni che non ti fai vedere».

Lo sguardo dell'arabo si posò sulla mano sinistra del capitano.

«Cos'hai in mano?»

«Non c'è tempo per le spiegazioni, preparati, dobbiamo tornare al castello».

Il tempo di completare la frase, e ritornò al suo alloggio.

«Chiama tua sorella» articolò dalla sua camera «vi attendo fuori tra cinque minuti. Abbiamo una sala segreta da aprire».

Capitolo 43

Arrivarono alla cattedrale in pochi minuti. Era circondata da impalcature di sicurezza per evitare altri crolli. Entrarono da una breccia ancora libera, sulla parete Sud. Percorrendo la navata laterale, si diressero all'ingresso della sacrestia. Arrivati sulla soglia, il norvegese cominciò a bussare e invocare il nome dell'abate.

«Non è permesso entrare in chiesa senza autorizzazione, non nelle vostre condizioni perlomeno. Siete armati fino ai denti».

Dietro di loro, si presentò una figura in abito talare.

Il capitano prese subito la parola.

«Perdonate la nostra invasione» si scusò «cerchiamo l'abate, è urgente. Ci ha detto lui di venire a cercarlo appena sarebbe stato possibile».

Prese una pausa e poi aggiunse: «Sapete dove possiamo trovarlo?»

«Io sono il suo sottoposto. L'abate si è assentato per delle commissioni urgenti».

«Sapete dove possiamo trovarlo? Abbiamo davvero bisogno della sua assistenza!» Cercò di essere convincente.

Il sostituto squadrò i tre individui, non si fidava dei forestieri, in particolare di quelli che girovagavano armati.

«Mi dispiace» parlò calmo «il priore non rivela mai dov'è diretto, a volte manca anche per giorni».

Indossando la fascia che cinge la vita, aggiunse: «Perdonatemi, ma se non avete intenzione di partecipare alle funzioni religiose, devo chiedervi di uscire».

Il capitano vide che la gente cominciava a entrare e occupare i posti.

«Perdonateci per avervi fatto perdere del tempo, aspetteremo fuori l'arrivo di Gerardo».

Il sacerdote fece il segno della croce per benedirli. «Andate in pace!» Augurò loro.

«Dove aspettiamo?» Chiese l'arabo quando furono usciti dalla struttura.

«Non lo aspetteremo, andremo al castello e lì troveremo una soluzione».

«La menzogna detta al sostituto di Gerardo ti costerà dieci anni di pene dell'inferno». Disse la donna con un sorriso.

«Li divideremo per tre». Replicò il capitano sorridendo a sua volta.

Capitolo 44

Smilzo si risvegliò dolente e confuso. Non rammentava quello che era accaduto nelle ore precedenti. Scoprì di ritrovarsi in uno spazio umido e totalmente al buio, uno scroscio d'acqua era l'unico rumore udibile. Provò a muoversi, ma si accorse che era incatenato. In quella circostanza ricordò cosa accadde prima di trovarsi in quella condizione. Il rapimento, la corsa in carrozza, lui che inveiva come un matto, le minacce di Thuban e il buio dopo aver subito le botte.

Non gli rimase che gridare per farsi sentire, sperando che qualcuno potesse liberarlo da quella situazione.

«Aiuto!» Gridò a pieni polmoni. «Sono stato rapito!». Riprese fiato, nessuno aveva risposto alla sua richiesta d'aiuto. Decise di riprovare. Raccolse tutto il fiato disponibile pronto a urlare di nuovo. Un rumore attirò la sua attenzione prima che aprisse bocca: dei passi in rapido avvicinamento. Il nano non era più solo.

«Aiutatemi vi prego» parlò al suo salvatore «saprò ripagarvi».

L'individuo accese delle fiaccole, mettendo in luce il suo volto.

«Thuban! Che tu sia maledetto, dove mi hai rinchiuso?» Il piccolo uomo si agitava incauto ai dolori.

«Non avevi bisogno di incatenarmi, hai avuto quel che volevi» continuò «Rastaban baratterà il tesoro per salvarmi la vita».

L'uomo si avvicinò al nano.

«La vita, cos'è per te la vita?» Disse accarezzando la leva alla sua sinistra. «A volte la vita, ci riserva delle sorprese, dolci o amare, di gioia o di dolore» il suo sguardo si posò sulle catene collegate a dei pesi «oggi, tu, assaporerai il dolore che ti ha riservato la tua misera vita».

«Non dire assurdità! Tenetemi in ostaggio, ma non incatenato».

Thuban osservava il nano con il suo ghigno maligno. «Leggo una nota di preoccupazione nelle tue parole, questo mi fa piacere, sentirò più gusto per quello che sto per farti».

Abbassò la leva che aveva accarezzato poco prima. Un rumore d'ingranaggi cominciò a risuonare dentro la grotta. I pesi cominciarono ad abbassarsi tendendo le catene collegate a loro, tirando sempre più le estremità corporee del povero nano. Le membra scricchiolavano allo stiramento forzato. Smilzo si ritrovò a urlare di dolore ricoprendo del tutto il rumore dell'acqua. L'uomo dalle mani orrendamente deturpate rialzò la leva. I pesi tornarono al loro posto, allentando la tensione sul corpo del nano. Smilzo riprese fiato, gocce di sudore gli scivolarono dalla fronte mescolandosi alle lacrime.

«Piaciuto il dolore?» Domandò sarcastico Thuban. «A me è piaciuto, vederti soffrire mi dà gioia».

L'incatenato sollevò la testa balbettando parole impercettibili, poi crollò. Il carnefice si avvicinò alla sua vittima, accertandosi che non fosse morto. Spense le torce e risalì in superficie, lasciando il corpo esanime del nano completamente al buio.

Capitolo 45

«L'ingresso principale è chiuso». Il norvegese scrutava il demanio col suo binocolo. «Non vedo altri passaggi».

«Senza l'abate, possiamo dire addio all'ingresso principale». Affermò la donna.

«Magari studiando bene il perimetro, troveremo un varco secondario». Propose il fratello.

«Ottima idea!» Rastaban ripose il suo strumento ottico nella custodia. «Dividiamoci, io passo da Sud e voi da Est, ci ritroveremo dalla parte opposta. Non tralasciate nessun passaggio possibile».

Si misero in cammino lungo il perimetro alla ricerca di una possibile apertura, ammirando la struttura nella sua interezza. Pochi minuti dopo i tre s'incontrarono sulla parte opposta.

«Trovato qualcosa?» Chiese il capitano.

«Nessun ingresso». Rispose la donna. «Speravamo che tu avessi più fortuna».

Rastaban sospirò. «Ho individuato un possibile passaggio, una breccia provocata dal terremoto. Il problema è, che si trova ai piedi del castello in fondo alla scarpata. Venite».

Arrivarono nei pressi di una delle torri, Rastaban indicò un punto preciso. La crepa era sufficientemente larga da permettere il passaggio all'interno, ma un dirupo di trenta piedi li separava da quell'ingresso improvvisato. La discesa appariva pericolosa e irta di pericoli, alcune rocce uscivano dal terreno. Una caduta da quell'altezza, e il dolore delle ossa rotte sarebbe stato lancinante. Krystel osservava le rocce, alcune pericolosamente instabili, altre apparentemente sicure.

«Non vedo nessuna possibilità di discendere il baratro» si espresse l'arabo con un tono di disappunto.

«Credo che tu abbia ragione, ragazzo» rispose il norvegese scrutando la parete quasi completamente in verticale «torneremo con Gerardo».

Il norvegese si rassegnò e seguito dall'arabo girò i tacchi per far ritorno sconsolato alla locanda. Non si dava pace per quella occasione persa. Scalciava i sassi che gli capitavano a tiro.

«Aspettate!» Li richiamò la donna. «Vedo un possibile percorso». I due uomini fecero dietrofront.

«Io vedo solo rocce spacca ossa» Ribatté Zala.

«Osservate bene» indicò la sorella «sembra che ci sia un percorso semplice tra loro, alla vostra sinistra. Potremo tenerci a quelle radici arrivando fino in fondo, per poi scendere con agilità i gradoni finali».

Krystel era talmente sicura che prese in mano la situazione. «Vado io per prima».

«Sei impazzita? Ci lascerai la vita!» Obiettò il fratello. Non gli piaceva l'idea che sua sorella rischiasse inutilmente. Sarebbero tornati l'indomani, accompagnati dall'abate.

«Zala!» L'ammonì la sorella. «Non sappiamo quando l'abate rientri e neanche dove sia per poterlo rintracciare. Smilzo è stato rapito, non penso che abbiamo tempo da perdere».

«Rastaban! A te la decisione, tu cosa ne pensi?»

L'arabo fissava il norvegese in attesa di una risposta. Il capitano sospirò, osservò il percorso indicato. Era arduo, un passo falso e sarebbe giunta la fine.
«Non abbiamo scelta. Perlomeno, io non ho scelta. Smilzo è amico mio, è giusto che provi a salvarlo. Voi, se volete, potete starne fuori».

«Non se ne parla! Il piccolo uomo è anche amico nostro». Disse le ultime parole osservando il fratello in modo irremovibile.

Zala esalò un lungo respiro. Sapeva che alla lunga la sorella avrebbe ottenuto quel che voleva, tanto valeva non polemizzare. In fondo, il nano stava simpatico anche a lui.

«D'accordo Krystel, seguiamo il tuo piano e auguriamoci solo che tu sappia quel che fai».

Si apprestarono a coprire i metri che li separavano dal percorso indicato.

«Stai attenta». Disse Zala abbracciando la sorella «se dovessero insorgere delle complicazioni, torna indietro».

Krystel si mise in posizione, pronta per la discesa: «Non preoccuparti, non farò la stessa fine di nostra madre».

Un passo alla volta, la giovane guadagnava centimetri verso il basso.

«Che intendeva tua sorella, con quella frase?» Chiese Rastaban.

Zala si asciugò una lacrima, guardava la sorella scendere.

«Nostra madre» ricordò «morì quando eravamo molto piccoli. Perse l'equilibrio durante la discesa di un dirupo, alla ricerca di un forziere. Non fu trovato nessun forziere, morì per nulla».

«Perché rischiare la vita in questo modo?»

«Mio padre era un pescatore. Morì durante una battuta di pesca, al largo del mar di Norvegia. Non calcolarono la profondità marina e gli scogli affilati squarciarono lo scafo. Senza lasciar scampo all'intero equipaggio».

Osservava la sorella con gli occhi gonfi di lacrime, l'unica donna rimasta a volerlo bene. Si trovava a metà strada dai gradoni, poi sarebbe stato molto più semplice.

«Non sapeva come mantenerci, non era semplice gestirci. Dopo la sua morte, all'età di cinque e sette anni, fummo adottati da madame Sontag. Fu l'unica che accettò di prendersi cura di noi. Solo anni più tardi capimmo il perché: nostra madre aveva dei debiti nei suoi confronti. Si approfittò di noi, all'età di sedici anni mia sorella fu costretta a prostituirsi. *"Per saldare i debiti dei vostri genitori"*, diceva».

«E tu fosti costretto a truffare la gente col gioco delle tre carte» aggiunse il norvegese.

«Non sono un truffatore!» Rettificò l'arabo. «Ero costretto, non potevo vedere Krystel ridotta in quello stato, non era più lei. Dovevo fare qualcosa per tirarla fuori di lì».

«Ti credo ragazzo, avrei fatto lo stesso». Sospirò il norvegese. «Mi rattrista sapere che ti sia successo tutto questo».

«Spero di poter riscattare la sua vita, con il ritrovamento del tesoro la porterò lontano da quel luogo».

«Faremo tutti dei cambiamenti significativi».
Rastaban osservò la ragazza appoggiare piede nel primo dei quattro gradoni, scendere agilmente gli altri tre e dirigersi verso la breccia. La vide sparire oltre, per poi riapparire pochi secondi dopo. Faceva cenno di scendere, il passaggio era libero.

«Tocca a me!» Proferì Zala.

L'arabo seguì le orme lasciate dalla sorella, scendendo agevolmente in pochi minuti. Presto venne il turno del norvegese che seguì lo stesso sistema degli arabi. Arrivando a tre metri dal primo gradone mise il piede in fallo, scivolando lungo il costone.

Fu solo per caso che riuscì, d'istinto, ad aggrapparsi a una radice che ne rallentò la caduta, facendolo arrivare al suolo quasi al rallentatore.

«La fortuna mi assiste» mormorò scendendo gli ultimi metri.

Capitolo 46

«Sarai compiaciuto». La voce di Thuban risuonava nell'oscurità. «Si è quasi rotto l'osso del collo per fare in fretta. Presto rivedrai la luce del sole».

«Presto ti troverà, e ti pentirai di esser nato!» Replicò il nano ripresosi quasi completamente dallo svenimento precedente.

«Il nostro ospite dalla lingua lunga si è ripreso» un secondo uomo si presentò con una torcia.

«Si Maestro, più vispo che mai» si voltò verso l'individuo vestito da monaco «presto Rastaban troverà il tesoro e le vostre richieste saranno esaudite».

«E voi avrete la vostra vendetta come promesso». Rispose il *"maestro"* affrettandosi a risalire in superficie.

Quell'ambiente umido era dannoso per le sue povere ossa corrose dalla vecchiaia. «Ricordatevi solo di non fare passi troppo affrettati».

«Il tuo capo ha grandi ambizioni». osservò Smilzo. «Che richieste pretende? Quella di conquistare il mondo? Diventare padrone dell'isola?» Sorrise beffardo.

«Ti passerà la voglia di fare domande!» Thuban accese le torce poggiando una pinza tra le fiamme, rendendola incandescente.

«Ti farò sentire il dolore che ho provato io» dichiarò vedendo il metallo cambiare colore da un freddo grigio, a un arancione fuoco.

Si avvicinò al nano pronto a procurargli le sofferenze promesse. «Prendi tutto il fiato che puoi, ne avrai bisogno».

Chiuse la chela rovente facendo pressione sulla mano del nano. Il calore intenso gli provocò un dolore straziante.

La grotta si riempì delle urla del prigioniero. Gli echi salirono in superficie, dove il *"maestro"* osservava la notte stellata senza luna. Le urla di dolore coprivano la risata malvagia dell'aguzzino. Compiaciuto nel vedere la sofferenza sul volto del malcapitato, ma non dell'odore di carne bruciata, l'oppressore allentò la stretta, l'arto offeso era una massa scura.

Thuban si avvicinò all'orecchio del nano.

«Per oggi può bastare». Sussurrò «voglio godermi la tua sofferenza a lungo».

Prese dalla tasca un tessuto ovattato e impregnato con una soluzione viscosa. Fasciò l'arto orrendamente consumato.

«Non vorrei che ti venissero delle infezioni e causino la tua morte». Sorrise.

Il piccolo uomo, con un filo di voce balbettò delle parole sconnesse.

«Hai ancora fiato per parlare, questa sì che è una sorpresa!» Cercava di udire quel che aveva da dire il prigioniero.

«Ripeti, soddisfa la mia curiosità».

Il nano ripeté schiarendosi la voce: «Non uccidermi ti prego, ho moglie e figli che mi aspettano».

«Non è mia intenzione, quella di ucciderti». Rispose lui conservando la garza in tasca. «Mi limiterò solo a renderti irriconoscibile».

Capitolo 47

«C'è molto buio, non si vede quasi nulla». Rastaban e compagnia si trovarono nell'oscurità più totale.

«Aspettate!» Disse frugando nella tracolla. Agguantò un acciarino e accese una lanterna, illuminando l'ambiente.

«Adesso va molto meglio» affermò Krystel.

Si trovavano in uno stambugio pieno di statue, quadri e mobili di ogni genere. Attraversata la piccola camera, presto arrivarono nella sala principale.

«Che cosa pensi di fare?» Chiese Zala.

«Trovare i simboli, quelli che spero aprano la stanza segreta». Rispose il capitano mostrando la possibile combinazione esatta. Gli arabi osservarono la lista che Rastaban rese visibile ai loro occhi.

«Falco, elefante, delfino…» lesse Zala «continuo a non capire, come saresti arrivato a tal conclusione?»

La replica del norvegese fu rapida: «Le iniziali di questi animali compongono il nome del re». Così dicendo ripose la lista in tasca. «Non mi è venuto nient'altro in mente, spero che sia quella giusta».

«Ingegnoso!» Esclamò la ragazza. «Ricordate dove cercarli?».

Capitolo 48

«Non potete dire questo, sapete quanto me che il tesoro è maledetto, dobbiamo liberarcene per non incombere in altre catastrofi» diceva una figura di spalle in tono acuto al cospetto del barone, con l'intenzione di far valere le sue idee.

«Quel norvegese è l'erede diretto e non se ne andrà senza prima di averlo trovato».

«Avete ragione» rispose il barone seduto sul suo scranno rinascimentale del quindicesimo secolo dietro uno scrittoio «ma purtroppo la città ha bisogno di quell'oro per essere ricostruita. O pensate davvero che arrivi un *"christiana benefactori"*?»

«No signore, non credo più all'esistenza di certa gente, ma non possiamo rischiare un'altra possibile catastrofe» obiettò l'individuo.

«Fate in modo che il pirata trovi il tesoro e spingetelo a donarlo alla città a qualunque costo!» Tagliò corto Arcaloro alzandosi dalla sua poltrona. «Amico mio» continuò «so che è denaro maledetto. Conosco anche la triste storia della giovane che provò a difendere quell'oro, morta a causa di atroci torture dopo aver rifiutato di essere la moglie di un re scellerato, promessa sposa raccomandata da padre Asmundo, che ne bramava il possesso molti secoli addietro». Riprese fiato «Ma non possiamo rinunciarci, capite?»

«Sì, capisco perfettamente» si arrese abbassando la testa.

«Bene» disse compiaciuto il barone «fate del vostro meglio. Adesso dove si trova il nostro cercatore di tesori?»

L'uomo ci pensò, poi rispose: «Sono stati avvistati nei pressi del castello del golfo, si stavano calando dal dirupo».

«Al castello? Senza la compagnia dell'abate?» Chiese sarcastico.

«Questa poi!» Arcaloro rimase perplesso.

«Teneteli d'occhio, studiate le loro mosse e tenetemi informato sull'avanzamento delle ricerche in ogni piccolo particolare».

«Vado subito» disse il suo interlocutore avanzando verso l'uscita.

«Aspettate!» Lo richiamò il barone. «Non menzionate a nessuno del nostro colloquio, non voglio che tra il popolo girino strane voci».

«Non preoccupatevi nessuno saprà».

L'ospite uscì chiudendo la porta dietro le sue spalle.

Fuori, la vista della città distrutta e la gente accampata al freddo a piangere i loro cari morti davano un senso di amarezza.

"Purtroppo ha ragione lui" pensò "non possiamo farne a meno".

Capitolo 49

I due uomini seguivano Krystel nel labirinto di sale ai piani superiori. Imboccato un corridoio, entrarono nella prima stanza a loro più vicina. Trovarono l'emblema alla loro destra.

«Ecco il primo!» Esclamò il capitano avvicinandosi. Impugnò l'altorilievo ruotandolo in senso orario, mettendolo a testa in giù.

«Avete sentito?» Chiese Zala concentrato «M'è sembrato di udire un rumore meccanico, credo che si sia sbloccato qualcosa».

«Ho sentito» rispose il capitano «speriamo di essere sulla strada giusta».

«Non ci resta che trovare gli altri simboli per saperlo». Affermò Krystel «qual è il prossimo?»

Il norvegese controllò la lista: «L'elefante, si trova nei sotterranei». Scesero nelle segrete alla ricerca del secondo simbolo, con Rastaban a fare da guida. Lo trovarono e lo disposero a testa in giù, un secondo rumore attirò l'attenzione di tutti. Si guardarono compiaciuti.

Uno dopo l'altro, tutti gli emblemi furono trovati e capovolti.

«Ne manca solo uno all'appello, l'Orso».

«Se la memoria non m'inganna» disse la donna «Smilzo l'aveva individuato al piano superiore, prima che perdessimo le sue tracce».

Una stanza dopo l'altra il secondo piano fu perlustrato fino a trovare l'ultimo sigillo, parecchi minuti dopo. Il capitano lo girò, un rumore meccanico prolungato attirò la loro attenzione.

«Abbiamo mosso qualcosa» osservò l'arabo, «la combinazione è esatta, cerchiamo di trovare l'accesso».

La ricerca del varco alla stanza segreta cominciò dal basso, Rastaban credeva che fosse una stanza nei sotterranei. Scesero al pianterreno trovando di fronte una figura di spalle, intenta a sbirciare dentro le camere. L'arabo dai capelli argentei lo sorprese puntandogli la lama alla schiena.

«Chi cercate? Voltatevi lentamente».

L'ignoto personaggio si fece sorprendere dalla punta della lama.

«Io, cerco delle persone» balbettò voltandosi «hanno bisogno del mio aiuto e...»

«Cosa ci fate voi qui?» Chiese l'arabo.

L'abate rifiatò dopo lo scampato pericolo: «Sono venuto a cercarvi, mi hanno informato della vostra visita alla cattedrale, pensavo di trovarvi qui».

«Le ricerche sono andate avanti» dichiarò Rastaban «abbiamo trovato la combinazione e sbloccato qualcosa».

«Questa è una splendida notizia, come ci siete riusciti?»

«Abbiamo avuto solo fortuna» rispose il norvegese «ma non sappiamo dove, e cosa, abbiamo sbloccato. Eravamo alla ricerca di una parte inesplorata, quando ci siamo imbattuti in voi».

«Faremo meglio a sbrigarci» prese la parola Krystel «non ci restan molte ore di luce».

«Ha ragione lei» confermò l'abate «vi aiuterò nella ricerca, non è consigliabile girovagare al buio in una città fantasma».

«Bene, in tal caso sarà meglio sbrigarci».

Otto occhi cominciarono a osservare il minimo cambiamento delle aree all'interno del castello. Passarono al setaccio le sale del pianterreno, senza tralasciare alcun particolare. Percorsero i corridoi che portavano alla sala da pranzo reale, dove la tavola era imbastita con gli attrezzi da cucina di quell'epoca.

«Aspettate!» Esclamò l'arabo indicando la parete dietro la poltrona del re.

I compagni si voltarono, e videro.

«Ecco cos'è stato sbloccato!»

L'arazzo raffigurante Federico II di Svevia e il suo Falcone si era aperto come un'anta, rivelando posteriormente uno spazio.

Si avvicinarono per controllare il contenuto.

«C'è una leva» dichiarò il norvegese.

Rastaban impugnò la barra e l'abbassò.

Un rumore sordo e continuo cominciò a diffondersi in tutto il castello. Si era aperto un passaggio segreto, in un punto indefinito della fortezza.

Capitolo 50

Andarono dove sembrava provenire la fonte del rumore, sperando di trovare il passaggio segreto. Perlustrarono l'intera area, raggiungendo l'interno della torre Sud. Di fronte a loro, una statua raffigurante un Reziario: il meccanismo l'aveva spostata rivelando un passaggio che conduceva nelle profondità.

«Son più di quattro secoli che l'uomo cercava questo passaggio, finalmente potremmo esplorare questa parte del demanio!» L'abate era entusiasta.

Il capitano prese le redini del gruppo, addentrandosi nel nuovo tragitto per primo. Arrivarono alla fine della discesa: davanti a loro videro una statua all'ingresso di un cunicolo. Raffigurava una donna con arco.

«Diana!» Il norvegese la riconobbe. «Dea romana della caccia, sorella di Apollo».

«Il sovrano l'avrà depredata durante una sua conquista» intervenne l'abate.

Si addentrarono lungo il nuovo tragitto, che li condusse in una sala decorata con affreschi e dipinti raffiguranti il re nell'arte della caccia col Falcone.

Un piccolo sarcofago dal coperchio scolpito con l'effigie del rapace si ergeva al centro della sala.

Frontalmente in un piano d'appoggio, alcuni volatili imbalsamati, i trofei di Federico. Sotto, uno scrittoio con sopra dei rotoli.

Gerardo ne srotolò uno a caso.
Alla lettura il suo cuore traboccò d'emozioni.

«Questo è il *“De ars venandi cum avibus”*, il trattato di Federico II. Si credeva fosse andato perduto». Lo aprì. «Contiene tutte le informazioni degli uccelli cacciati dal re. Era solito annotare tutto al riguardo». Aprì la tracolla «bisogna portarlo fuori da qui».

Capitolo 51 Anno del signore 249

La carrozza interruppe la sua corsa.

«Siamo arrivati a destinazione» informò il vetturino apprestandosi a far scendere la ragazza.

«Dove ci troviamo?» Domandò lei.

«Siamo nei pressi della grotta che porta fuori città, un uomo vi attende all'interno» indicava l'accesso.

«Vi accompagnerà nel vostro viaggio».

«Grazie!» Disse lei osservando il portale dell'edificio.

La carrozza ripartì non appena la ragazza entrò.

All'interno l'attendeva un uomo in toga.

Era alto e snello, dai capelli scuri. Si alzò dallo scranno non appena vide la giovane.

«Mi chiamo Edgardo» si presentò «Gabrio mi ha informato, vi porterò fuori città passando dai sotterranei».

Scesero dei ripidi gradini, arrivando in una grotta apparentemente senza sbocco.

Una scultura d'angelo e un'acquasantiera, niente porte né passaggi.

Edgardo si avvicinò alla scultura dando le spalle alla giovane.

Pochi secondi dopo, la parete frontale si spostò, lasciando passare una corrente d'aria molto fredda.

Un frastuono in lontananza rompeva il silenzio.

«*Fate attenzione, è scivoloso*», avvisò l'uomo, «*attraverseremo il fiume lungo il percorso*».

La ragazza non si perse d'animo, entrambi si addentrarono nella spelonca inghiottiti dall'oscurità.

«*Coraggio, non è difficile*».

L'acqua era gelida, i due avevano le gambe immerse fin alle ginocchia.

«*Non mi sento più i piedi*» *protestò lei appena attraversato il corso d'acqua.*

«*Manca poco all'uscita*» *la incoraggiò asciugandole i piedi con un panno* «*non possiamo rimanere qui a lungo*».

Ripresero il cammino, finalmente una luce apparve all'orizzonte.

Arrivarono dall'altra parte subito dopo l'alba.

«*Prendete il sentiero dinanzi a voi*» *indicò l'uomo* «*arriverete in un villaggio. Lì i tentacoli di Asmundo non hanno potere*».

La giovane fece un inchino per ringraziare il suo accompagnatore. Improvvisamente questo cadde a terra, trafitto da un dardo. Presto la ragazza venne circondata da loschi figuri. Il terrore la bloccò quando vide l'uomo in sella a un destriero.

«*Cosa ci fate da queste parti, mia giovane sposa?*»

Alto e possente, in veste regale, si avvicinò a lei con spavalderia.

«*Dove credete di andare mia cara?*» *Pretese di sapere.*

«*Non sono vostra, non lo sarò mai!*» *Replicò lei cercando una via di fuga.*

«*Siete una stupida!*» *Bastò un cenno con la testa e un suddito la immobilizzò.*

«Lasciatemi!» Provò a ribellarsi «non sarò mai vostra sposa. Meglio morire!».

«Sono sicuro che cambierete idea» affermò il proconsole.

La giovane presa in custodia da un soldato, si ritrovò legata al cavallo di questi. Singhiozzava, solo Dio sapeva cosa fosse in grado di farle quell'uomo.

Capitolo 52

«Controlliamo l'interno del sarcofago» consigliò Zala.

Rastaban si avvicinò alla piccola bara. L'aprì senza trovare resistenza. Una carcassa di volatile era il contenuto del feretro.

«Il Falcone» osservò «o meglio, quel che ne rimane». L'afferrò cominciando a frugare tra le sue ossa, alla ricerca dell'indizio.

Lo spostò, lo alzò, lo mise alla luce della lanterna in cerca di segni che potessero dare un significato a quello che stavano cercando, controllò ogni parte del suo corpo. Senza risultati.

«Maledizione, qui non c'è nulla».

Decise di riporlo al suo posto sperando di aver successo esaminando altrove, magari tra i rotoli impolverati sul banco. Un passo falso lo fece cadere a terra. Una roccia sporgente dal terreno aveva causato la caduta. Lo scheletro dell'animale andò in frantumi sotto il suo corpo. Il piccolo teschio sbriciolato rivelò un rotolo di papiro.

Il capitano prese l'oggetto e, rimessosi in piedi, cominciò la lettura:

"Caro nipote, se stai leggendo questo messaggio sei sulla giusta strada nel ritrovare il tesoro".

"Purtroppo non sei l'unico, quello scellerato di Thuban è sulle sue tracce e non si farà scrupoli per ottenerlo".

"Consapevole della sua malvagità, e del tuo ingegno, ho preferito modificare i miei piani cambiando la logica degli indizi. Sperando di far perdere le tracce al nemico".

*"Trova la chiesa dedicata a Santa Maria di Betlem. La pietra ti per-
metterà di continuare la tua ricerca".*

«Santa Maria di Betlem...» rifletteva l'abate «oggi la chiesa porta un
altro nome».

Capitolo 53

Uscirono dal castello quando ormai era buio, imboccarono i vicoli diretti verso quella che un tempo era la via principale, ora ridotta a un cumulo di macerie. Un rumore attirò la loro attenzione.

Una figura ammantata fece la sua presenza alla destra del capitano.

«*Signore*!» Disse tendendo la mano «avete delle monete? Fate la carità, sono giorni che non mangio».

Il norvegese frugò nella borsa in cerca di spiccioli. Vedendo la mano che gli porgeva delle monete, il mendicante si avvicinò timido guardando dritto negli occhi il suo donatore.

«*Tanti grazii, principali*». L'uomo dall'accento siculo, che aveva chiesto la carità pochi secondi prima, con un movimento felino tirò fuori dal mantello un coltello, puntandolo dritto allo stomaco del capitano.

«Datemi tutto quello che avete sennò farete una brutta fine».

Fece pressione con la lama. I tre compagni guardarono prima il tizio col coltello, poi il capitano.

«Non credo riusciresti a scamparla» affermò l'arabo pronto per il duello. Accarezzava l'impugnatura della sua spada.

L'aggressore fece un lungo fischio.

«Mi credete così sprovveduto?» Sorrise.

Al richiamo, degli uomini apparvero da dietro le macerie.

In quattro muniti di arco, puntarono le frecce sui malcapitati.

«Datemi tutto, non lo ripeterò un'altra volta!»

«D'accordo, stai calmo e avrai quello che chiedi».

Rastaban fece un cenno d'intesa e poggiò la borsa al suolo.

I compagni seguirono l'esempio, lasciando le loro borse con cautela, ad eccezione di Gerardo, che teneva stretta a sé la sua. Conteneva il trattato di Federico II, non voleva separarsene senza prima di aver studiato gli scritti al suo interno.

«Questo vale anche per il "*prete*" dietro di voi».

L'abate tremava come una foglia, temendo più di perdere il prezioso documento che la vita stessa. L'assalitore si avvicinò a lui.

«Cosa contiene la vostra borsa, da voler rischiare la vita? Consegnatela!»

Gerardo prese la parola balbettando.

«Non ho nulla di prezioso signore, solo dei documenti di studio ecclesiastico». Mentì nella speranza di essere creduto.

L'aggressore strappò con forza la borsa dalle mani del religioso. Aprendola per primo, cominciò a rovistare al suo interno. Gettando a terra le vecchie pergamene fece una smorfia di disgusto.

«Tutto qui? Solo vecchie scartoffie? Non sono buone neanche per pulirsi il culo!» Gettò la tracolla vuota addosso all'abate.

Prese le restanti borse indietreggiando, senza staccare lo sguardo dai quattro individui.

«*Non pruvati a fimmarini*» avvisò il malvivente parlando col suo accento cittadino.

Rastaban annuì. Il balordo si dileguò tra le macerie, seguito dai suoi compari. L'abate ancora tremante raccolse le sue preziose pergamene.

«Sono andati via, portandosi con sé tutto quello che avevamo» si rammaricò la donna.

«Purtroppo si sono presi anche la pietra di Kosmos», informò il capitano.

«Senza di quella possiamo dire addio alle ricerche. A quanto ho capito, doveva sbloccare qualcosa». Gerardo si era ricomposto «Mi dispiace».

«Non ci resta che informare Thuban, sperando che Smilzo sia ancora vivo» aggiunse Rastaban.

«Pensi che ti crederà?» Domandò Zala scettico.

«Non credo, ma non vedo altra soluzione».

Capitolo 54

Il pomeriggio seguente Rastaban e i due arabi seguirono l'abate, diretti alla piccola chiesa dedicata a Santa Maria di Betlem. Attraversarono il *"foro lunaris"*, dove la gente provava a riprendere il commercio.

«Questo è il mercato principale della città» spiegò Gerardo passando tra le bancarelle.

Si fecero largo tra la gente indaffarata a vendere e comprare, per poi fermarsi in una piccola struttura religiosa. Il terremoto l'aveva quasi risparmiata.

«Questa è la chiesa dedicata al venerato San Gaetano di Thiene» spiegò il religioso bussando alla piccola porta «anticamente dedicata a Santa Maria di Betlem».

La porta si aprì quasi subito, mettendo in mostra un volto di donna che osservava i visitatori turbata. Non aspettava visite quel giorno.

L'abate si piegò in avanti, mostrando il suo volto sorridente.

«Eccellenza» salutò la donna facendo un profondo inchino «quale angelo benevolo vi ha portato fin qui?».

«Suor Daniela, sono qui per far visita alla grotta» confessò l'abate «con degli amici».

La religiosa fece entrare i visitatori dopo aver liberato la porta dalla catena di sicurezza. L'interno della struttura si presentava con una scalinata al centro, che portava dentro una grotta lavica.

«State attenti a dove mettete i piedi» Gerardo accese una lanterna e scesero. Le pareti della grotta si presentarono con quattro pilastri posti a ogni angolo.

Alla loro destra si presentò un angelo, scolpito interamente sulla pietra lavica. Vicino, un'acquasantiera di epoca indefinita ricoperta quasi completamente dal basalto.

Il religioso si accostò alla scultura.

«Questo è l'indizio che vostro nonno ha menzionato, probabilmente la pietra doveva essere posta tra le sue mani come a compiere una donazione».

«Senza di quella, purtroppo non possiamo proseguire. Dobbiamo trovare un'altra soluzione».

«Che cosa rappresentano quegli affreschi alle pareti?» Chiese Krystel.

«Sono le torture subite da una giovane donna per aver tutelato il segreto della mappa che vi ha condotto fin qui» rispose l'abate risalendo le scale.

Capitolo 55

«*Svegliati*» ripeteva una voce femminile nell'oscurità «*svegliati, non è ancora il tuo momento*».

Il piccolo uomo aprì gli occhi. Era ancora incatenato, non ricordava da quanti giorni subiva i supplizi.

«Chi siete?» Balbettò.

«Ben tornato!» Thuban era alla sua destra. Attendeva il suo risveglio.

«Pronto per la tortura finale, quella che ti manderà all'altro mondo?»

«Lurido bastardo!» Replicò il nano con tutto il disprezzo che aveva dentro «brucerai all'inferno».

«Mi sembri abbastanza in forma, ti confesso che nessuno era mai arrivato a questo livello di sopportazione. Per questo ti concedo un ultimo desiderio».

L'uomo si avvicinò al nano.

«Senza perdere tempo, qual è il tuo ultimo desiderio recondito?»

Smilzo alzò la testa, guardava la luce della torcia riflessa nelle iridi del suo carnefice. Nascondeva il volto sotto il lungo cappuccio. Smilzo aveva spesso fantasticato sul volto che si celava sotto quel copricapo. La curiosità per quella visione prese il sopravvento.

«Vorrei vedere il volto del bastardo che mi sta facendo tutto questo» confessò rimarcando le sue parole.

Thuban sorrise.

«Come desideri» rispose l'uomo dal volto coperto.

Si mise davanti a Smilzo abbassandosi il cappuccio.

Finalmente Smilzo avrebbe visto il volto di Thuban, misterioso e tanto temuto non solo dal suo capitano. Quello fu il suo ultimo desiderio prima di passar a miglior vita.

Thuban rivelò la sua identità.

Il nano rimase sconvolto alla vista del viso dell'uomo.

«No!» Esclamò «non ha senso tutto questo».

«Sorpreso?»

Thuban si rimise il copricapo lasciando visibile solo il suo sorriso maligno.

«In verità non sono chi pensi, ma spesso il destino ci riserva delle sorprese».

«Presto occuperò il suo posto, per questo è necessario che tu e tutti gli altri moriate».

Così dicendo abbassò la leva.

I pesi tornarono a scendere e le catene a tendersi.

Capitolo 56 **Anno del signore 249**

Quinziano le aveva sbarrato la strada verso la libertà, immobilizzata e legata da una guardia del corpo la giovane inveì contro di lui per tutto il percorso.

«Siete un verme! Non mi avrete mai come sposa, preferisco la morte a voi!»

Avanzava con fatica, costretta ad assecondare la marcia del destriero a cui era legata.

«Se è la morte che volete, che morte sia» si sentì rispondere.

Si era avvicinato per baciare le labbra della sua futura sposa.

Della saliva colpì la guancia del re prima che le sue labbra toccassero quelle della giovane.

«Portatela al palazzo e rinchiudetela!» Esclamò ripulendosi la parte offesa.

«Preparatela alle torture» avvisò risalendo in sella al suo destriero prima di separarsi dai suoi sudditi.

Passarono tre giorni di totale solitudine, prima che una donna aprisse la porta portando notizie.

«Chi siete?» Domandò alzandosi dalla piccola seggiola.

«Vi porto delle brutte notizie per il vostro destino» disse in tono serio la donna dai capelli rossi.

«Il re è adirato con voi, vi torturerà fino all'ultimo vostro respiro. E credetemi, lo farà senza pietà».

«Non m'importa» rispose la giovane «non mi unirò mai a lui, la mia fede in Cristo me lo vieta».

Diede le spalle alla donna girandosi verso l'unica finestrella che dava all'esterno, i raggi solari che filtravano all'interno illuminavano il volto angelico della carcerata, facendola sembrare una creatura celeste.

«Io sono sposata con Cristo, suo è il mio corpo e suoi sono i miei servigi».

La donna rassegnata appoggiò un vassoio con del cibo.

«Tenete, mangiate. Pregherò per la vostra anima buona».

Si chiuse la porta alle spalle, lasciando la prigioniera nella sua solitudine.

Passarono altri giorni prima che un uomo facesse l'ingresso nella piccola stanza interrata, per comunicarle che la prima tortura sarebbe stata imminente. E che lei avrebbe sofferto.

«Preparatevi alla tortura del "fuoco"» le disse prima di svanire dietro la porta.

Il mattino seguente, inginocchiata in preghiera sotto la finestrella della sua cella, la ragazza fu portata via da due uomini.

Capitolo 57

Un individuo proveniente dalla superficie sussurrò qualcosa all'uomo. Sentite le informazioni arrivategli dalla guardia, un sorriso gli disegnò un arco in volto.

«Arrivo subito» disse «aspettatemi in superficie».

Thuban bloccò la leva.

«È il tuo giorno fortunato. Il tuo padrone ha bisogno di me. A quanto mi è stato riferito, non sa più che pesci pigliare».

Rastaban osservava il vulcano, i lapilli illuminavano la notte e le colate di lava si perdevano dentro un'immensa valle sul versante orientale. Una coltre di cenere vulcanica ricopriva le vie della città.

«Ciao *"Asuia"*» la voce dietro di lui lo fece sobbalzare.

Il capitano si voltò, ritrovandosi le pupille scintillanti del rivale che lo fissavano. A volto scoperto, Thuban si avvicinò a Rastaban.

«Mi è giunta voce che hai bisogno del mio aiuto».

Il norvegese fissò il suo volto.

«Non sei cambiato per niente» disse «a parte qualche cicatrice da ustione».

«Ricordi del vecchio Corvonero» rispose accarezzandosi gli arti superiori.

«Quel maledetto ha avuto quel che meritava, dovevi vedere la smorfia che fece quando lo pugnalai con questa». Mise in mostra una lama dall'impugnatura che ritraeva le sembianze di un serpente.

Il norvegese lo prese per il bavero, pronto a dargli una serie di cazzotti.

«Maledetto bastardo! Perché l'hai fatto?».

«Fermati, se vuoi rivedere il tuo amico vivo. Sono qui per aiutarti».

Il capitano mollò la presa, il suo pensiero adesso andava all'amico.

«Che tu sia maledetto, dov'è Smilzo?»

«Il nano sta bene, non preoccuparti. Dimmi piuttosto, a cosa devo l'onore di questo incontro?»

Il capitano pensava se stesse facendo la scelta giusta, se il nemico avrebbe capito la gravità della cosa, o se pensasse di essere preso in giro. Poi parlò.

«Mi serve il tuo aiuto, l'oggetto che mi permetteva di continuare la ricerca mi è stato rubato. Un'imboscata da parte degli sciacalli».

«Di che oggetto si tratta?»

«Una pietra, con delle incisioni apparentemente insignificanti».

«E come potrei aiutarti? Sono straniero quanto te in questa terra».

«Speravo che i tuoi uomini potessero fare delle ricerche nei pressi del mercato, ho sentito che lì si nascondono banditi, trafugatori di tombe e i tagliaborse che mi hanno rapinato».

Thuban ci pensò, sapeva che senza l'oggetto non sarebbe mai arrivato a mettere le mani sul tesoro. Sapeva anche di non potersi fidare del rivale, per non cadere in una trappola.

«Potrebbe essere una buona idea». Affermò arrendendosi all'evidenza. Valeva la pena rischiare. «Descrivimi meglio l'oggetto».

Il norvegese sospirò.

«Una piccola pietra rettangolare, spessa non più di un dito, grande cinque centimetri e con delle incisioni ai lati».

Ci furono dei secondi di assoluto silenzio, i due rivali si guardarono negli occhi studiandosi gli sguardi reciprocamente, quasi come a voler leggere i pensieri dell'altro.

«È tutto?» Thuban ruppe il silenzio per primo.

Rastaban annuì.

«Vedrò che posso fare» diede le spalle al capitano pronto a scomparire nell'oscurità.

«Solo per il piacere di fartelo sapere» aggiunse «ho ucciso il vecchio perché non volle mai rivelarmi l'ubicazione del tesoro. Molte volte ho insistito, ma non ho ottenuto nulla».

"Non meriti le sue ricchezze, solo un uomo umile e saggio potrà possederle".

«Questo diceva, capisci? L'uomo cui si riferiva eri tu, sei sempre stato il suo prediletto. Le navigate, le lezioni di astronomia e tutte quelle altre cose. Erano dedicate solo al suo figlioccio. Fin da giovane t'insegnò i segreti che la mappa porta con sé. È per vendetta, che l'ho ucciso, dopo l'ennesimo rifiuto».

«Lo sapeva». Rispose Rastaban «sapeva che tramavi contro di lui. Me lo rivelò alcuni giorni prima della sua dipartita, mettendomi in guardia da te».

Scese un triste silenzio nel cuore del capitano.

«Ti amava come un figlio, per questo ti tenne all'oscuro di tutto. Sapeva che con la tua malvagità, avresti fatto del male alla gente a te vicino. Al tuo stesso sangue».

Thuban si allontanò senza dar peso alle ultime parole del rivale, scomparendo tra le ombre della città.

«Ci vedremo presto». Furono le sue ultime parole.

Capitolo 58

«Come proseguono le ricerche?» Chiedeva Arcaloro al suo ospite.

Quel norvegese si è fatto rubare la pietra, l'unica chiave che apre il passaggio sotterraneo alla grotta.

«Rubata? E da chi?» Chiese perplesso il barone.

«Al ritorno dal castello» prosegui l'individuo seduto in ombra «sono stati accerchiati da dei sciacalli muniti di arco e frecce. Hanno portato via tutte le borse e il loro contenuto».

Arcaloro si alzò dalla sua poltrona, cominciò a camminare nervosamente. «Questa non ci voleva, qui svanisce la speranza di ritrovare il tesoro».

«Non è detto» interruppe l'uomo che osservava l'andirivieni del suo interlocutore.

«Rastaban ha chiesto aiuto».

Arcaloro interruppe il suo viavai irrequieto. «Aiuto a chi?».

«A quell'altro pirata, credo che si chiami Thuban se non erro».

«Questa poi, ha chiesto aiuto al rivale?»

«Pare che tra di loro ci sia molto di più di una rivalità».

«Spiegatevi meglio».

«Due notti addietro li spiai, parlavano del vecchio Corvonero. Non capii molto, solo alcune parole».

Prese una pausa osservando un passero appoggiatosi sul telaio della finestra, facendogli pensare al tempo in cui era ragazzo. Libero da ogni cosa.

«Quali sono le parole che avete udito, non tenetemi sulle spine, coraggio».

L'animale spiccò il volo, sentendosi minacciato. L'uomo tornò in sè
e riprese il filo del discorso.

«*"Il nonno"*» disse «Rastaban pronunciò queste parole, i due pirati
sono parenti».

«Parenti!? I nipoti di Corvonero, rivali in famiglia?»

Arcaloro si riaccomodò.

«Ci mancava solo questa, sarà l'inizio della prossima catastrofe.
Dobbiamo tenerli d'occhio se non vogliamo che rivoltino come un
calzino quel che è rimasto della nostra povera città».

«Vuole che osservi le loro mosse?»

«Solo il norvegese» dichiarò il barone «È lui che m'interessa. Tenetemi informato su tutto».

«Sarà fatto sire, contate su di me» disse Brando uscendo.

Capitolo 59

Due forestieri si aggiravano tra le bancarelle del mercato principale, diretti nel quartiere più mal frequentato della città.

Arrivati, bussarono a ogni porta con tutta l'arroganza possibile, entrando senza far troppi complimenti in ogni casa e scrutando i volti dei pigionali. Fatta irruzione nell'ennesima abitazione, i due si guardarono a vicenda dandosi dei segnali d'intesa.

Chiudendosi la porta alle spalle, si avvicinarono all'occupante.

«*"E vuatri cu siti?"*» Inveì quest'ultimo col suo accento spiccato.

Prese un forcone e lo scagliò contro uno degli invasori. Il tizio cui era destinato l'attacco evitò il colpo con agilità, mandando a vuoto l'aggressione. L'arma improvvisata si piantò sulla porta.

Il secondo si avvicinò, dandogli un ceffone.

«Rilassati, collabora e nessuno si farà del male».

«Chi siete?» Domandò impaurito e dolorante l'uomo. «Chi vi manda?»

«Stiamo cercando chi ha aggredito dei nostri amici tre notti addietro».

I due si sedettero affiancando il malcapitato.

«Un tizio vestito da mendicante e alcuni suoi compari muniti di arco, li hanno derubati nei pressi del castello. Ne sapete qualcosa?»

L'uomo ci pensò.

«Non so nulla, io non vado mai fin lì, ho paura a spostarmi. Da quando il terremoto ci ha colpito, i criminali abbondano e...»

Un secondo ceffone arrivò come un treno stordendolo, quasi a farlo svenire.

«Sappiamo che sei stato tu» disse il tizio alla sua destra «le tracolle sul banco nella sala accanto, dimostrano la vostra colpevolezza».

«A noi serve solo un oggetto che conteneva una di quelle borse» dichiarò il secondo «una pietra insignificante, puoi aiutarci a recuperarla?»

L'uomo si alzò dirigendosi verso un armadio, ne aprì le ante.

«Questo è quello che c'era dentro».

«È tutto qui?»

L'uomo annuì. Frugarono tra la roba rubata dal delinquente.

Poco dopo, i due forestieri percorsero la strada del ritorno diretti verso il porto.

Capitolo 60

«Svegliati» una voce flebile risuonava nella notte.

«Chi siete?»

«Non c'è tempo, dobbiamo andare subito».

La notte era ancora giovane, tre individui vagavano tra le macerie in percorsi alternativi alle strade principali.

«Dove stiamo andando a quest'ora della notte, e senza illuminazione per giunta?» Chiese uno di loro.

«Presto lo vedrai, siamo quasi arrivati».

Passarono tra le macerie del centro cittadino, attraversarono una piazza disseminata di baracche di fortuna. Svoltarono a destra, addentrandosi per le strette vie; dopo alcuni metri si fermarono davanti a una piccola porta chiusa da un chiavaccio.

«È chiusa» fece notare uno di loro.

«Ancora per poco» ribatté l'altro impugnando una barra di ferro.

Parlavano sottovoce, sperando di passare inosservati.

L'uomo cominciò a far leva, finché non ruppe la serratura e la porta si aprì cigolando. Accesero una lanterna ed entrarono dirigendosi al centro del locale e passando da un genuflessorio all'altro. Arrivati di fronte l'altare, scesero lungo la scalinata.

«Perché siamo venuti qui, nel cuore della notte? Questo luogo rimarrà un vicolo cieco fino a quando non ritroveremo la pietra» lamentava l'arabo.

«Sembri Smilzo» l'ammonì il norvegese arrivato alla fine della scalinata.

«Rastaban ha ragione». S'intromise la donna. «Se siamo qui, è perché il nostro capitano non ci ha rivelato tutto».

«Tua sorella è più sveglia di te» affermò Rastaban «non vi ho detto tutto, o perlomeno non la *vera* verità».

«In che senso, di che verità stai parlando?» Chiese Zala.

Erano arrivati accanto all'angelo della grotta dedicata al santo di Thiene.

Rastaban frugava tra le tasche: «Di questa verità». Mostrò la pietra rettangolare.

«La pietra!» Esclamò l'arabo. «Ma non l'avevano rubata?»

«Ci hanno portato via le borse, ma non il contenuto delle nostre tasche» dichiarò.

«Quindi hai recitato il furto, la richiesta d'aiuto a Thuban e tutto il resto. Perché?»

«Per guadagnare tempo, ho mandato il rivale fuoristrada di proposito sperando che abbocchi all'amo».

Capitolo 61 **Anno del signore 249**

«*Che pensi di fare per la tua salvezza?*» *Le domandò Quinziano.*

«*La mia salvezza è Cristo*» *rispose decisa la giovane.*

I due si trovavano in prossimità di una fossa riempita di carboni ardenti, il calore riscaldava l'aria deformando l'ambiente vicino.

Attorno a loro una moltitudine di curiosi ascoltava le sentenze dettate dal monarca, attendendo che la tortura avesse inizio.

«*Saresti disposta a perdere la tua vita pur di non tradirlo? Non hai paura delle conseguenze che comporta tutto questo?*»

«*Potrai straziare il mio corpo, ma la mia anima rimarrà intatta*».

A quella risposta, il proconsole si rese conto che qualunque tentativo di persuasione sarebbe stato vano.

Con uno scatto d'ira spinse la giovane tra i tizzoni ardenti.

Ci furono grida di agitazione, nessuno pensava che il re avesse il coraggio di mettere a segno quel vile atto.

Alla visione del corpo tra i tizzoni ardenti, alcune persone cominciarono a pregare per la povera ragazza. Al contatto con l'intenso calore, la pelle della giovane sfrigolava e bruciava. Il dolore era atroce, ma dalla bocca non uscirono urla di sofferenza, bensì canti di preghiera. La ragazza pregava nel dolore del suo corpo, per la gioia della sua anima. Altra gente si convertì udendo la devozione dell'afflitta, cominciando a pregare a sua volta.

Non sentendosi soddisfatto, il proconsole ordinò che alla giovane fosse scorticata la pelle con pettini di ferro. I sudditi di Quinziano cominciarono a sfregare i pettini sulle gambe e braccia ormai martoriate della ragazza che piangeva, ma guardava e pregava al cielo con fierezza.

Sempre più persone rinnovarono la fede, chi non aveva mai pregato iniziò a farlo seguendo l'esempio di chi gli stava accanto.

Le preghiere di gruppo furono assordanti per Quinziano, a tal punto da ordinare la fine dei supplizi. Ordinò di riportare la giovane nella sua cella, di lavarle il carbone di dosso e medicarle le ustioni, con la promessa di riservarle altre torture non appena avrebbe recuperato le forze.

Capitolo 62

Rastaban si avvicinò alla scultura inserendo la pietra, che combaciò alla perfezione tra le mani dell'angelo. Gli arti della statua si abbassarono, la parete frontale vibrò alzando la polvere.

Un respiro gelido li travolse.

Poco dopo si addentrarono nel tunnel lavico con Rastaban a guidare il gruppo, unico portatore di una fonte luminosa.

«Sento dell'acqua scorrere» disse Krystel.

«Siamo davanti a un fiume sotterraneo» rispose il capitano a pochi metri dal margine.

«Meglio denudarsi i piedi per mantenere i calzari asciutti».

I due arabi seguirono il consiglio del norvegese. Superarono senza problemi il gelido fiume che scorreva sotto la città, invisibile come l'aria che si respira. Il percorso continuò per un centinaio di metri, per poi interrompersi bruscamente. I tre si fermarono di fronte a una parete. Il capitano pose le mani al muro.

«È stata innalzata da poco, il calcestruzzo non combacia con quello usato per costruire la città, non ci sono altri indizi».

«Una strada senza sbocco» aggiunse Zala.

«Questo non ha senso, perché mai Corvonero ci avrebbe fatto questo scherzo?» Continuò la sorella. «Magari qualcuno vuole impedirci di proseguire la ricerca».

«Non saprei». Rastaban fece dietrofront «torniamo indietro, forse c'è sfuggito qualcosa».

Ripercorsero la strada, riattraversando il fiume.

«Guardate!» Il portatore della lanterna indicava un passaggio dove il fiume si perdeva.

Capitolo 63

«Questa è la via giusta», dichiarò Rastaban esaminando l'interno.

L'arabo non era convinto, il percorso era in discesa e le probabilità che l'acqua defluisse in un pozzo senza uscita erano più che ragionevoli.

«Lo pensi davvero? A me sembra azzardato, potremmo non vedere più la luce del sole».

«Sono certo al cento per cento che sia la strada da prendere, lo conferma l'incisione sulla parete. Guardate».

«È lo stesso disegno raffigurato nella mappa!» Osservò la donna.

«L'ha lasciato mio nonno, senza dubbio».

«Devi ancora darci delle spiegazioni». Disse Zala. «Che importanza ha quel disegno per te?»

Rastaban osservò il volto severo dell'amico, aveva tenuto nascosto i suoi segreti fin troppo a lungo e non poteva più nasconderli. Sospirò.

Il norvegese prese la mappa mostrandola ai due arabi, mettendo in mostra il disegno con i simboli.

«Questa è una costellazione» diede voce ai suoi pensieri, «quella del *"Drago"*, la stessa che vedete incisa sulla pietra». Illuminò.

«La leggenda narra che nelle viscere del vulcano riposi il drago *"Tifeo"*, protettore dell'ultimo segreto».

L'arabo era molto scettico, non aveva mai creduto alle leggende sui draghi.

«Davvero credi a queste cose?» Domandò.

«Da secoli, i miei avi portano avanti una profezia. Il culmine sarebbe stato la nascita di un uomo, che trovandosi al cospetto di *"Tifeo"* avrebbe scoperto il segreto per sciogliere la maledizione».

Conservò la cartina «… Il resto lo sapete già».

«Chi è Thuban?» Incalzò Krystel guardando il capitano.

Attendeva una risposta.

Il norvegese stava per aprir bocca, quando una scossa tellurica li fece scivolare giù per l'imboccatura.

Capitolo 64

«In che senso, non l'avete trovata?»

Le urla di rabbia si sentirono fin fuori dal locale.

«Mi spiace padrone» rispose uno dei due uomini «ma della pietra menzionata, non c'è traccia, il tizio che fece l'imboscata afferma di non averla vista tra le cose che erano all'interno delle borse».

«Maledetto Rastaban, si sta prendendo gioco di noi!» Le parole del maestro risuonarono dietro Thuban.

«Probabilmente sarà già alla ricerca del prossimo indizio».

«Gli daremo pan per focaccia» affermò Thuban.

Afferrò delle cesoie prima di uscire a passo spedito, andando a sfogare tutta la sua ira nell'unico svago concessogli.

Capitolo 65

I tre scivolarono lungo il tunnel, il fiume li spingeva sempre più in basso. Una serie di tornanti rendeva difficile la discesa. Il capitano teneva saldamente la lanterna, sperando di mantenerla accesa.

Il percorso s'interruppe in una cascata.

Arrivarono a toccare il fondo dopo sette metri di caduta libera, la superficie dell'acqua aveva attutito la caduta. Raggiunsero il margine solo con qualche contusione.

"Un miracolo", pensò Zala tossendo per aver ingerito gran quantità di liquido.

L'oscurità era fitta.

«State tutti bene?» La voce del capitano era soffocata dal continuo tossire.

«Qui tutto bene» rispose l'arabo.

«Krystel, ci sei?»

«Sono qui» replicò la donna.

«La lanterna è andata perduta» affermò il norvegese.

«È già tanto che siamo vivi» dichiarò la donna «che facciamo adesso?»

«Durante la caduta, m'è sembrato di vedere una torcia di fronte a noi». Avvisò l'arabo recuperando le forze. «Vado a controllare».

Capitolo 66

Thuban si affannava nello scendere le scale.

Correva senza una fonte di luce, sapeva dove mettere i piedi. I suoi passi lo portarono fin al cospetto del suppliziato, ormai incatenato da giorni.

«Il tuo amico si è preso gioco di me!» Disse con rabbia. «Così facendo, t'ha venduto l'anima al diavolo!»

Non ebbe nessuna risposta.

«Non ribatti, fai finta d'esser morto? So che sei vivo!».

Si avvicinò, cesoie alla mano.

«Ora ti faccio tornare la voce!» Abbassò l'asta.

«Ti mozzerò le dita, come dei rami secchi di un albero».

Le catene tirarono, ma nessun urlo uscì dalla bocca del nano.

Il rumore del marchingegno, mescolato a quello dell'acqua, erano le uniche cose che le sue orecchie udivano. Bloccò quello che per lui doveva essere la tortura finale. Accese la torcia, la luce illuminò l'ambiente circostante.

«Dannazione!» Esclamò incredulo. «Non può essere!»

Per terra giaceva il corpo della guardia posta all'ingresso; l'uomo era stato pugnalato alla schiena. Le catene erano sciolte.

Smilzo era sparito.

Capitolo 67

«Un piccolo lago sotterraneo… Zala illuminò l'area.

Accanto a lui, scolpito sul basalto, un antico altare dai contorni floreali, decorato da una fenice dorata al centro e un'iscrizione in basso, che recitava: "*MELIOR DE CINERE SURGO*".

Su un ripiano erano poggiati dei candelabri, una coppa e una copia delle sacre scritture. Sulla parete sopra la struttura sacra, c'era un grande arazzo abbellito da delle foglie dorate. Raffigurava una scena di tortura: una donna immobilizzata da due soldati, mentre un terzo era intento ad asportare le mammelle della giovane con delle grosse tenaglie. Una luce divina pareva illuminarle il volto. A completare il tutto, un crocifisso sovrastava il dipinto. Il norvegese ispezionò la struttura, sperando di trovare un indizio. Provò ad aprire gli sportelli. Non si aprirono. Il manufatto era scolpito senza cavità o altro.

«È sia meraviglioso sia macabro, allo stesso tempo» affermò la donna.

«Perché mai un affresco simile deve stare su un altare così pregiato?»

«Non so spiegarlo» rispose il fratello «ma ho già visto quel volto, non ricordo dove».

«Non vedo via d'uscita» constatò il capitano interrompendo la discussione. «Perlustriamo le mura da vicino».

Percorsero il perimetro, controllando le pareti in cerca di una via d'uscita.

Senza risultato.

«Siamo in trappola, come topi!» L'arabo guardava attorno a sé, ma non vedeva via d'uscita.

Il norvegese osservava la luce che si rispecchiava sull'acqua.

«Zala passami la torcia».

L'uomo dai capelli cinerei allungò la fiaccola, che Rastaban impugnò osservando ancora il fondale. Cominciò a inoltrarsi dentro il lago, arrivando al centro con l'acqua alla gola. Il fondo era colmo di pietre. Concentrato nella ricerca, svanì dalla vista dei compagni.

«Rastaban!» Lo richiamò Zala. «Tutto bene?»

Il capitano alzò la testa, accorgendosi di essere dietro la cascata.

Passarono pochi minuti prima che si ritrovasse all'asciutto per informarli su quello che aveva visto.

«Seguitemi, ho trovato l'uscita».

Capitolo 68

«Come sta?» Domandò una voce preoccupata.

«È messo male» rispose una donna «solo un miracolo potrebbe guarirlo». era intenta a medicare un uomo con fasce, bende ed erbe medicinali.

«Credo che non superi la notte» aggiunse triste.

Solo una candela illuminava i volti dei due interlocutori, e pochi altri oggetti.

«Forse è opportuno avvisarlo, potrebbe essere l'ultima volta».

******

I tre si ritrovarono a percorrere un tunnel nascosto dalla cascata, i lati delle pareti erano occupati da statue di donna le quali tenevano una lanterna sulla mano destra.

Poi l'aspetto della galleria mutò.

«Qui lo stile cambia» osservò Zala «siamo passati dall'antico al più moderno». I mattoni avevano coperto il basalto, lasciando a malapena lo spazio sufficiente per proseguire.

«Siamo sotto una costruzione dei giorni nostri, tra poco dovremo giungere a uno sbocco» osservò il norvegese.

Il cammino s'interruppe bruscamente quando, girato l'angolo, s'imbatterono in una porta chiusa.

Capitolo 69 Anno del signore 250

Passarono mesi prima che la ragazza riprendesse le forze e che le ferite del "martirio del fuoco" guarissero del tutto lasciandole un segno indelebile su tutto il corpo. Mesi che passò prendendo i voti di diaconessa. Inginocchiata sotto la finestrella della sua prigione, la ormai religiosa affermata, pregava. Era giunta la primavera e i raggi del sole la riscaldavano dopo un lungo inverno. Il sole svanì, delle nuvole di passaggio alteravano spesso la luminosità del giorno.

«Ho saputo che avete acquisito i voti da diaconessa» le disse una voce.

La religiosa alzò lo sguardo al cielo. Non erano state le nubi ad alterare la luce, bensì un giovane uomo con una leggera barbetta.

Con i capelli castani corti e un sorriso amichevole, l'individuo la fissava dall'alto in basso senza distoglierle lo sguardo di dosso.

«E quindi?» Riprese a parlare il giovane. «Un vecchio amico non merita più di essere onorato col vostro sorriso?».

La diaconessa si mise in piedi incredula.

Il tizio che la fissava le dava una strana sensazione, le sembrava di averlo già incontrato. Lui sorrise una seconda volta.

Alla donna venne un lampo, un ricordo le passò davanti come una meteora nelle notti più limpide. Si avvicinò alla finestra più che poté, e tra le lacrime manifestò il suo stupore.

«Gabrio! Siete proprio voi?» Lo guardava come se fosse un'allucinazione.

«Certo, sono tornato per mantenere la mia promessa. Portarvi via e rendervi libera» disse guardandosi attorno.

«*Adesso è diverso*» *sospirò la giovane,* «*il re non permette a nessuno di avvicinarsi. Ha soldati ovunque*».

Gabrio la tranquillizzò.

«*Non preoccupatevi, ho delle amicizie interne*».

La diaconessa rimase perplessa, stava per dire qualcosa, quando una guardia sorprese l'uomo.

«*Ehi, Voi! Che cosa fate lì?*» *Il soldato si avvicinò affrettando il passo.*

«*Chiedo perdono*». *Gabrio mise le mani in tasca* «*avevo quasi perduto il mio bracciale, lo stavo solo recuperando*».

«*Fermatevi! Fatemi vedere*». *Il soldato ormai era a un metro.*

La ragazza ascoltava nel terrore, sperando che non fosse fatto alcun male al garzone. Gabrio ubbidì all'ordine imposto dall'uomo che era alto, robusto e armato. Mise la mano nel taschino e tirò fuori l'oggetto. Il militare lo scippò letteralmente dalle sue mani osservandolo accuratamente.

«*È solo robaccia!*» *Criticò.* «*La cosa però non mi convince*».

«*Chiedo ancora perdono, per me ha un grande valore affettivo, me lo regalò mia sorella anni fa*».

«*Seguitemi senza obiettare*». *La guardia lo afferrò per un braccio.* «*Non siete convincente*».

Capitolo 70

«Il nano è sparito!»

Thuban non si dava pace, prendeva a pedate qualunque cosa gli capitasse a tiro all'interno del suo covo.

«Quel maledetto, ha trovato l'ubicazione esatta e l'ha salvato».

Diete un calcio a una sedia rendendola inutilizzabile, mandandola contro una caterva di legna.

«Non perdetevi d'animo!» Si fece avanti uno dei suoi tirapiedi. «C'è ancora tempo per trovare il tesoro, a noi serve quello».

Thuban sembrò pensarci su, squadrando il volto del suo sgherro parve calmarsi. Un manrovescio raggiunse il muso dell'uomo.

«Idiota! Tu e tuo fratello! Non siete stati in grado neanche di trovare una stupida pietra!»

Le arterie del collo parvero esplodergli per la rabbia. «Meritereste le torture che quel bastardino è riuscito a scampare».

«Il tuo servo ha ragione». A parlare fu l'uomo seduto in disparte, sperava di acquietare quella rabbia repressa riportandolo in sé. «Abbiamo ancora tempo per rimediare».

L'uomo dalle mani deturpate si girò, ritrovandosi a parlare col *"maestro"*.

«Come pensate di procedere?» Chiese provando a calmarsi.

Il maestro si accarezzò la poca barba grigia pensando a come fare la prossima mossa, cominciò a dar voce alle sue idee avvicinandosi ai due fratelli.

«I nostri nemici dimorano in una locanda nei pressi della cattedrale, non ci sono altri alloggi disponibili in città».

«Ecco cosa dovrete fare…»

Capitolo 71

«Chiusa». Zala aveva abbassato la maniglia rivelando l'amara verità. «E non si può tornare indietro. Che si fa?»

«Lasciami un po' di spazio» disse Il capitano superandolo.

La porta era solida, ma Rastaban volle comunque provare.

Strinse la maniglia, cominciando a fare forza con la speranza di scardinare la serratura: scricchiolò, ma non cedette. Il capitano mise più forza unificata a delle forti vibrazioni. Si sentì un rumore sordo, qualcosa aveva ceduto. Il capitano si voltò con la maniglia spezzata in mano, maledisse la porta.

«Dannazione!» Gridò, gettando il frammento a terra «non abbiamo via d'uscita».

La donna oltrepassò prima il fratello, poi il capitano, per ritrovarsi alla testa del gruppo. Chiuse a pugno la mano destra e bussò alla porta. Passarono alcuni secondi prima di sentire dei passi avvicinarsi.

«Con le buone maniere si ottiene tutto» sorrise Krystel.

La serratura cominciò ad aprirsi.

«Krystel! Passami uno dei tuoi coltelli» disse il norvegese.

La donna obbiettò: «Che intendi fare?».

Il capitano stese il braccio osservando quel che restava della maniglia. «Non sappiamo chi c'è dall'altra parte, e la mia spada è ingombrante in questo spazio angusto. Meglio non rischiare di avere delle brutte sorprese».

La ragazza sfoderò uno dei suoi coltelli da lancio passandolo al capitano.

La porta sì apri e la persona oltre la soglia si ritrovò con una mano alla gola e la lama a un pelo dai suoi occhi.

L'uomo che indossava un saio, fu obbligato ad indietreggiare, arrivato contro la parete cominciò a balbettare per la paura.

«Lasciatemi vi prego, sono solo un povero benedettino in cerca di informazioni».

Zala e Krystel affiancarono il norvegese, l'arabo allungò le mani scostando il cappuccio della tonaca. I tre osservarono il volto impaurito della persona davanti a loro. La mano che impugnava la lama si abbassò, quella che teneva stretto il gozzo si allentò, la tensione cominciò a scemare.

«Cosa fate voi qui?» Domandò il capitano riponendo il coltello tra le mani della ragazza.

L'uomo si ricompose massaggiandosi la parte offesa. «Avete delle brutte abitudini voi dell'Europa del Nord… minacciate anche i religiosi con i coltelli?»

«Perdonatemi, non potevamo sapere».

«Comunque, io sono il *"padrone"* di quest'abbazia, fino a che il terremoto non la mandò in rovina. Ero tornato a cercare delle informazioni riguardo al trattato di Federico II, quando ho sentito bussare. Credevo foste un monaco benedettino, spesso scendono a pregare nella mensa sacra a ridosso del lago sotterraneo. È una fortuna che mi sono trovato a passare per di qua, avreste fatto una fine simile a quella del topo in trappola».

L'abate osservava i tre che erano bagnati fradici. «Voi? Cosa ci facevate da quelle parti? E come ci siete arrivati?».

Rastaban cominciò a esplorare la stanza dove erano capitati, una sala con bottiglie di vino. "Una cantina", pensò.

«Siamo riusciti ad aprire il passaggio della grotta che ci ha portato fin qui» rispose con franchezza.

«Avete trovato l'indizio? Qual è?» Il religioso parve ansioso di sapere.

«Accompagnateci agli alloggi, abbiamo il bisogno di cambiarci, vi racconterò tutto strada facendo».

Capitolo 72 Anno del signore 250

L'uscio della cella si aprì, facendo entrare un portavoce del re che impugnava un papiro col sigillo reale.

Il suddito prese la parola dando voce alle scritture che conteneva la missiva, cominciando a leggerle ad alta voce.

«Oggi, anno del signore 250, del giorno sesto, del primo mese!

Il re Quinziano, proconsole romano governatore della Sicilia!

Condanna, a data da destinarsi e senza replica d'appello, alla pena capitale tramite rogo la qui presente donna di nobile famiglia, chiamata col nome di Agathe Rea di non aver adempiuto al pagamento delle tasse accumulate dalle sue proprietà! L'esecuzione si svolgerà presso la piazza centrale della città di Katane! Avrà fine quando sopraggiungerà la morte della suddetta. Questa è la volontà del Re!»

«È inammissibile! La mia famiglia ha sempre pagato le tasse. Questa sentenza è una farsa, fatemi parlare con chi ha scritto quest'obbrobrio!»

Il portavoce arrotolò il documento, pronto a uscire dalla cella.

«Quinziano in persona ha vergato la sentenza. Mi dispiace».

Capitolo 73

«Cos'è questo posto?» Domandò il capitano attraversando un triclinio del II secolo prima di Cristo. Era abbellito da un affresco che riproduceva un drappeggio da tavola imbandita, si trovava un livello più basso rispetto al peristilio.

«Ci troviamo all'interno del monastero dei benedettini» rispose il religioso.

«Un monastero abbandonato» aggiunse la donna non avendo incontrato nessuno durante il tragitto.

Salirono al livello della strada attraversando un giardino, circondato da un grande chiostro con colonne bianche, sfarzoso e completato da ricchi ornamenti.

«Purtroppo la catastrofe li ha uccisi quasi tutti, solo in tre si sono salvati. Me compreso».

«Eminenza…» prese la parola l'arabo «cosa significa il quadro nei sotterranei?».

L'abate fece ricorso alla sua memoria, sperando che non lo tradisse.

«Il dipinto rappresenta una delle torture subite dalla santa protettrice della città» spiegò.

«Vissuta nel III secolo, fu martirizzata per aver rifiutato le attenzioni di un monarca».

Si trovarono appena fuori l'ingresso, sotto un grande portale scolpito negli anni dai religiosi che l'abitarono fino a pochi giorni addietro.

Capitolo 74

«Un giovane dai capelli rossi va cercando informazioni sul norvegese, l'hanno visto aggirarsi nei pressi della locanda. Non si sa da dove sia spuntato, ma è alquanto sospetto».

«E del capitano e il suo equipaggio, che sapete dirmi?»

«Rastaban e i due arabi sono stati visti uscire dall'abbazia» diceva Brando al tizio con la spada dall'elsa d'oro «in compagnia dell'abate».

«Sembra che abbiano scoperto il prossimo indizio». Bevve un sorso di birra. «Avete altre disposizioni?»

«No. Aspettiamo che ritrovino l'oro».

«Non volete più eliminarli?» Brando parve perplesso. «Cosa vi ha fatto cambiare idea?»

«Nessun cambio d'idea, ma se vogliamo far smettere le disgrazie che affliggono la città dobbiamo liberarci di quell'oro. Per adesso limitiamoci a osservare come vanno le ricerche».

Quella notte Rastaban si girava ripetutamente sul suo letto, il sonno disturbato e la stanchezza accumulata lo tenevano in una sorta di limbo dove galleggiava senza una meta.

Dalla sensazione di galleggiamento, passò a quella di soffocamento.

Provava a inspirare, ma non ci riusciva. L'ossigeno sembrava non arrivare al cervello. Il norvegese venne svegliato da quella percezione, ma il soffocamento non passò. Nell'oscurità, delle mani possenti premevano sulle sue vie respiratorie.

Agitava le mani, in cerca di salvezza.

Tirò fuori un cassetto dal mobile vicino al letto, scagliandolo poi contro la figura che lo schiacciava con tutto il suo peso.

Quest'ultimo mollò la presa tenendosi la testa per il dolore, lasciando al capitano il tempo di riprendere il respiro.

Rastaban si alzò, cominciando ad abituarsi a vedere nell'oscurità.

«Chi siete?» Domandò recuperando l'equilibrio.

«Sono venuto a mettere fine alla tua vita» rispose l'ombra, scagliandosi contro di lui.

Rastaban non poté evitare lo scontro. I due finirono per urtare uno specchio, mandandolo in frantumi.

Un destro raggiunse il volto del capitano, l'uomo stava prendendo il sopravvento su di lui. Inerme, non riuscì più a reagire.

L'aggressore mise a segno una serie di cazzotti, parve non avesse intenzione di smettere. Provava piacere nell'infliggere dolore.

Sfoderò una lama, con l'intento di trafiggere a morte il norvegese.

«Puoi dire addio alla tua misera vita» ringhiò «salutami Corvonero quando lo incontrerai, giù all'inferno».

Una lama luccicò nella notte.

Poco dopo, una figura avvolta dall'oscurità si dileguò calandosi dalla finestra.

Un corpo riverso a terra giaceva con uno squarcio alla gola, tagliata da un misterioso sicario.

Capitolo 75

Il proprietario e i vicini di stanza del capitano accorsero immediatamente. Il fracasso li aveva svegliati di sobbalzo, facendogli pensare al peggio. Il primo a fare irruzione fu Zala, dopo esser riuscito a forzare la porta. L'arabo dormiva nella stanza accanto a quella del suo capitano e come gli altri fu svegliato dal fracasso.

La scena che gli si presentò fu raccapricciante, un uomo dalla statura imponente giaceva a faccia in giù in una pozza di sangue.

«Rastaban!» Gridò, precipitandosi a soccorrerlo.

«Oh mio Dio no!» Cercò di ruotare il corpo dell'assassinato.

«Rastaban!» Urlò Krystel, entrando dopo aver salito le scale tre alla volta.

Accovacciatasi accanto al fratello, lo aiutò.

«Rastaban!» La disperazione era irrefutabile.

«Rastaban!» Continuava a gridare la donna tra le lacrime. Il corpo era troppo pesante per girarlo a pancia in su.

«Aiutatemi!» La voce proveniva da sotto una tenda strappata durante la colluttazione. «Sono qui».

Krystel e Zala accorsero alla richiesta d'aiuto, soccorsero il capitano che si rialzò. Era completamente imbrattato di sangue.

«Cos'è successo? State bene?» Il taverniere aveva ripreso il fiato e la parola. «Chi è l'uomo ammazzato?»

«Hanno provato a farmi fuori» rispose il norvegese.

«Questo non è sangue mio».

«Stava per avere il sopravvento, ma un'altra persona ha fatto irruzione dalla finestra» indicò l'apertura «sgozzandolo un attimo prima che affondasse la sua lama dentro il mio cuore».

«Chi potrebbe essere il mandante di questo infame gesto?» Interrogò il taverniere, ignaro.

«La domanda giusta è: chi ti ha salvato?» Intervenne la donna vedendo il caos attorno a lei.

«Non saprei, ma il suo intervento è stato provvidenziale. Il morto è uno scagnozzo di Thuban, non c'è dubbio».

Capitolo 76 **Anno del signore 250**

La porta della cella si aprì, un soldato fece il suo ingresso.

«Avete delle visite» informò il milite.

«Visite? Da parte di chi?» Chiese Agata confusa: sapeva di non poterne ricevere alcuna.

"Che Quinziano abbia cambiato idea al riguardo?". Pensò.

«Vostro fratello» concluse l'uomo.

Una figura fece la sua apparizione. Il soldato uscì richiudendosi la porta dietro. «Cinque minuti, non un secondo di più!» Intimò.

«Gabrio!» Esclamò lei felice di rivedere il garzone che l'aveva salvata in precedenza da padre Asmundo.

«Siete riuscito nel vostro intento». Sorrise. «Con la menzogna a quanto pare» aggiunse.

«L'avevo promesso» confermò lui abbracciandola «non sarà una piccola bugia a separarmi da voi».

«Purtroppo devo comunicarvi brutte notizie. Il re m'ha condannata al rogo. Non si sa ancora la data dell'esecuzione, ma lo farà, mi ucciderà». Pianse.

«Non preoccupatevi, sarete libera quanto prima». Il giovane le strinse le mani. «La guardia che mi ha accompagnato è un mio complice».

«Ho paura che vi mettiate nei guai per colpa mia» sospirò la giovane.

«Non pensate a me, attendete solo il mio segnale e tenetevi pronta per la fuga».

«Che segnale?»

«Tempo scaduto!» La guardia aprì il chiavistello.

«Ci rivedremo presto» la rassicurò Gabrio attraversando la soglia.

«Fratello!» Agata si affrettò a raggiungerlo.

Ma la sentinella aveva già serrato la porta.

«State attento» disse, accovacciandosi e piangendo dietro la porta.

Capitolo 77

«L'indizio è la fenice» affermò l'abate dopo aver assimilato le informazioni complete, comprese quelle dell'agguato al capitano. Si trovavano nei pressi di un teatro romano in disuso da secoli, anche questo reso un cumulo di macerie dal terremoto con epicentro in quel di val di Noto.

«Rappresenta le distruzioni e le rinascite subite dalla città, "*Melior de cinere surgo*"» ripeté «dalla cenere risorgo sempre più bella. Non c'è dubbio».

«A cosa si riferisce?» Chiese Rastaban.

«Secondo la mitologia greca» s'intromise Zala «la Fenice è un uccello con il potere di controllare il fuoco, e di rinascere dalle proprie ceneri dopo la morte».

«Dobbiamo cercare una fenice?» Domandò la donna.

«Non la fenice in se stessa» rettificò Gerardo «ma la sua distruzione, o la fonte della sua resurrezione».

Capitolo 78

Passarono i giorni.

Una figura si aggirava all'interno della cattedrale, diretta al sagrato. Era alla ricerca di qualcosa, o qualcuno.

«Eccellenza» esordì «mi serve il vostro aiuto».

L'abate era intento a benedire le antiche reliquie, prima di celebrare il rito della santa messa.

«Ditemi pure figliolo». Parlò senza voltarsi. «Avete bisogno di espiare i vostri peccati? Attendetemi in ginocchio dentro il confessionale. Arrivo subito».

Gerardo completò la consacrazione. Poco dopo si ritrovò seduto nel confessionale, pronto ad ascoltare i peccati della figura inginocchiata di fronte a lui.

«Ditemi pure». Esordì l'abate. «Quale grande peso affligge la vostra anima, da dover richiedere le competenze di un sacerdote?»

La figura oltre la grata sospirò, poi aprì bocca.

«In verità, l'unico peccato da me commesso, è l'avervi mentito».

Gerardo fissò la silhouette del presunto mentitore.

«Siate più preciso figliolo, di che menzogne parlate?»

«Non sono venuto per espiare i miei peccati, ma a chiedere il vostro aiuto». Rispose con calma la figura.

L'abate si fece prendere dalla curiosità.

«Come può un religioso aiutarvi, se non con l'espiazione dei vostri peccati?»

Il personaggio dal fisico mingherlino mostrò un anello dall'emblema oscuro.

Il religioso si pietrificò nel vedere il simbolo.

«Non credo ai miei occhi» balbettò per lo stupore «voi! Ma non eravate morto?».

«Così ho fatto credere» rispose il portatore dell'anello che indossava una vecchia palandrana, coprendo così il suo volto.

«Dovete aiutarmi». Ripeté per la seconda volta.

Capitolo 79

«Dove mi state portando?» Chiese il religioso.

Erano usciti dalla città, diretti a Ovest. Una grande distesa d'erba li separava da un fitto bosco, s'intravedeva solo un piccolo sentiero.

«Vi sto portando, dove c'è bisogno del vostro aiuto». Rispose l'individuo senza degnarlo di uno sguardo.

L'abate, sapendo di non ricevere nessuna informazione su dove fossero diretti e per quale tipo di aiuto era stato convocato, cambiò argomento.

«Perché non vi mostrate a me? Ci conosciamo da molti anni ormai».

«Non è ancora il momento».

Erano giunti in prossimità della selva. Gli alberi erano così vicini tra loro che gran parte dei raggi solari non riuscivano a penetrare, lasciando il sentiero in una penombra tenebrosa immaginata solo nelle favole spaventose di orchi e mostri raccontate ai bambini con l'intento di convincerli a non allontanarsi troppo dalle loro abitazioni.

«Statemi vicino, il terreno è pieno di fossi» informò il personaggio.

«Non preoccupatevi, so badare a me stesso» ribatté il religioso.

Si trovarono ad attraversare un rigagnolo nei pressi di una casa abbandonata, ormai divorata dalla vegetazione. Continuarono a percorrere il sentiero disseminato da escrementi animali di ogni tipo, gli insetti volavano di fiore in fiore. A Gerardo parve di esser tornato bambino, al tempo in cui giocava col fratello a nascondino tra le lunghe erbacce.

«Manca ancora molto?»

Il bosco lasciò spazio a una valle, una distesa d'erba verde e rigogliosa, dove le vacche da latte pascolavano tranquille. Al centro, una grande quercia dalle grosse ghiande.

«Siamo quasi arrivati» rispose l'altro indicando la collina di fronte a loro. Una casetta dalle tegole rosse era appena visibile a mezz'altezza del lieve pendio.

Capitolo 80

Era notte inoltrata e Rastaban passeggiava per le vie della città. Dopo l'attentato non riusciva più a dormire, cercava l'illuminazione che gli risolvesse il dilemma. Dove trovare la strada giusta per risolvere l'enigma?

"Dalla cenere risorgo sempre più bella", ripeteva. Erano ore che camminava osservando il cielo notturno alla ricerca di un segno.

Un oggetto gli diede fastidio al bulbo oculare destro. "Della polvere alzata dal vento", pensò sfregandosi l'occhio per liberarsene.

Non era arrivato solo a lui, ma stava riempiendo tutto il viale con un leggero sfrigolare.

«Il vulcano fa i capricci» brontolò.

Vedendo la cenere depositarsi attorno a lui alzò lo sguardo, ammirando i lapilli che illuminavano la notte. Lì capì di aver avuto l'intuizione che andava cercando.

«Melior de cinere surgo!» Esclamò.

Capitolo 81

I due oltrepassarono la porta dell'abitazione dal tetto rosso.

Una donna li accolse.

«Come sta?» Fu la prima cosa che le chiese l'individuo.

La donna scosse la testa in segno di diniego.

«È ancora vivo, ma il respiro è quasi assente, non reagisce alle medicazioni e le ferite riportate sono gravi». Sospirò. È solo questione di ore, prima che la morte sopraggiunga».

Gerardo sentiva la discussione senza aprir bocca. Di chi stavano parlando? Chi era la persona in fin di vita? Chi erano i due che interloquivano?

«L'avete trovato?» Domandò la donna osservando l'uomo seduto con una sacca sulle ginocchia.

«No!» Rispose l'altro dirigendosi all'ingresso di un locale confinante.

«Sono riuscito solo a trovare la persona adatta per benedirlo». Aprì la porta.

«Eccellenza, avete portato tutto il necessario?» La figura ancora col volto coperto attendeva di fronte la soglia.

«Ho tutto il necessario qui dentro». L'abate si alzò stringendo il sacco portato con sé.

«Seguitemi».

Attraversarono la porta chiudendosela dietro. La stanza era poco illuminata e semi vuota. Solo una cassettiera e un letto, dove giaceva quello che sembrava il corpo di un decenne coperto da un lenzuolo.

«Chi è costui?» Chiese il religioso avvicinandosi.

La figura si accostò al giaciglio scostando il telo, mettendo alla luce il corpo seviziato dell'occupante.

«Smilzo!» Gerardo riconobbe il piccolo uomo, il corpo era pieno di lividi e bruciature.

«È stato torturato per giorni il contenuto della sacca è l'ultima speranza di salvarlo» ammise, parlando a testa bassa.

«Voi credete che funzionerà?» Chiese l'abate frugando dentro la bisaccia.

«In passato ha compiuto svariati miracoli, spero che lo faccia anche questa volta».

Gerardo si avvicinò a Smilzo osservando più da vicino le ferite, era già un miracolo che fosse ancora vivo.

Stese un velo rosso sul suo corpo, coprendolo interamente.

«Ho bisogno di stare solo con lui per benedire l'area affinché il miracolo si adempia».

Chi portava l'anello uscì facendosi il segno della croce, lasciando il religioso a invocare la grazia divina.

Pochi minuti più tardi, l'abate fece ritorno dalla camera. Dopo aver eseguito riti religiosi invocando Dio con le sue preghiere e benedicendo il corpo dell'interessato, santificò pure la casa che l'ospitava.

«Ho fatto il possibile…» rivelò sedendosi «solo il tempo ci dirà se il prodigio divino si compirà».

«Ve ne sono riconoscente. Venite, vi riaccompagno alla vostra cattedrale».

L'abate fu grato di aver ritrovato il suo vecchio amico, creduto morto anni addietro.

Si trovò sul sagrato della cattedrale, pronto a fare il suo ingresso dal portale centrale.

«Lui è qui» riferì «sta tentando di compiere l'impresa».

«Lo immaginavo» affermò l'altro «dovete aiutarlo, assistete mio nipote a compierla e la città sarà libera».

Capitolo 82 **Anno del signore 251**

La diaconessa attendeva notizie di Gabrio, sperava di assaporare la libertà perduta ormai da troppi anni. Soprattutto, sperava di aiutar la gente a pregare e aver fede in Cristo.

La soglia della cella si spalancò, creando disordine nella mente della giovane.

«Gabrio!» Esclamò, sicura di trovarsi davanti al garzone che l'aveva sempre aiutata e tranquillizzata».

«Il tuo Gabrio non è qui».

A parlare era stato Quinziano in persona, scomodatosi per far visita alla prigioniera.

Agata s'indignò alla vista del monarca.

Senza risparmiargli delle occhiatacce, cominciò a bersagliarlo verbalmente.

«Che voi siate maledetto! Liberatemi e fate ammenda dei vostri peccati se non volete che la vostra anima bruci tra le fiamme dell'inferno per l'eternità!»

Il monarca replicò senza dar troppa importanza alle parole della donna.

«In verità son venuto a darvi un'ultima possibilità di salvarvi» informò Quinziano «se diventerete mia moglie...».

«Non sarò mai vostra moglie!» Lo interruppe bruscamente Agata.

«Morirete giovane se non vi dedicate a me! Lo capite questo?» Il re fece pressione avvicinandosi alla giovane.

«Cambiate idea, e farò sì che questo non accada» Le disse calmo, a una spanna di distanza.

La giovane arretrò disgustata.

Solo il pensiero di stare accanto a quell'uomo le faceva venir il voltastomaco.

«Non venderò l'anima al demonio andando in sposa a un miscredente, pronto a uccidere pur di portar a compimento i suoi intenti».

All'ennesimo diniego Quinziano richiamò tre dei suoi soldati.

Due affiancarono la donna immobilizzandola, il terzo si avvicinò a lei con delle grosse tenaglie.

La ragazza, affidatasi completamente alla sua fede, ebbe una visione celeste che non le fece sentir dolore mentre il soldato eseguiva la macabra tortura.

Capitolo 83

«Quel bastardo l'ha ucciso!» Il braccio destro di Thuban si disperava per la perdita di suo fratello gemello. Era tutto quello che aveva.

«Pugnalandolo alle spalle, come un maiale da macello».

«Mi dispiace per tuo fratello» dichiarò Thuban che dava le spalle al suo scagnozzo, mentre guardava oltre la finestra il via vai della moltitudine di gente che comprava o vendeva al foro lunaris.

«Lo farò pentire di esser nato, lo taglierò a pezzi facendolo soffrire. Dovrà implorarmi di ucciderlo!»

Era disposto a rischiare la propria vita, pur di mantenere la sua promessa di vendicarsi.

«Avrai la tua occasione per vendicarti, ormai manca poco al ritrovamento».

«Thuban ha ragione» intervenne il *"maestro"*, «non possiamo permetterci di fare sciocchezze proprio ora».

Rastaban si affrettò ad attraversare il sagrato della cattedrale, aveva urgenza di andare a colloquio con l'abate quella notte stessa, per informarlo sugli ultimi risultati della ricerca. Cominciò a chiamare il suo nome, entrò nei locali della sacrestia. L'abate si presentò uscendo dagli alloggi dedicati ai dormitori.

«Chi disturba a quest'ora, in piena notte?». Lamentò.

«Perdonatemi», si scusò il norvegese, «ma volevo tenervi informato sugli sviluppi delle ricerche, ho delle informazioni da rivelarvi e dei consigli che solo voi potete darmi».

«Ditemi, quali scoperte avete fatto?» L'abate si accomodò sull'inginocchiatoio.

Il capitano seguì l'esempio, sedendosi accanto al religioso.

«So dove trovare il prossimo indizio, ma sembra pericoloso».

«Di quali pericoli parlate?» Incalzò l'abate.

«La fenice, "*Dalla cenere risorgo sempre più bella*". Si riferisce al vulcano, che ha sia distrutto la città travolgendola con la sua lava, che ricostruita con la sua stessa pietra».

Riprese fiato.

«Dobbiamo cercare il tesoro in cima, da qualche parte dove il fuoco e la cenere hanno plasmato la città dopo ogni distruzione. Una caverna magari».

Gerardo ci pensò su, poi espresse il suo parere:

«Avete ragione voi, salire in cima è pericoloso. E poi ci sono migliaia di grotte e cunicoli inesplorati. In sostanza, è impossibile trovare il punto esatto».

«Voi procuratemi una lista di tutte le grotte esplorate, le più importanti, al resto penso io. Affidatemi solo a una guida esperta, partiremo tra qualche giorno».

Capitolo 84

«Corvonero è vivo!» Ripeteva l'abate al cospetto del barone.

«Impossibile!» Rispose Arcaloro sorseggiando del vino, riserva della sua cantina personale. «Dev'essere un impostore».

«Vi dico che è lui» insisteva Gerardo «ed è venuto a chiedere il mio aiuto».

«Non fatevi convincere: la città ha visto passare molti imbroglioni, truffatori e via dicendo. Da chi vuol far credere di esser venuto in pace, a chi si è proposto di ricostruirla, avendo come unico scopo solo la ricerca della ricchezza».

Il religioso rifletté a quelle parole, effettivamente mai nessuno aveva manifestato interesse verso il popolo catanese. Sembrava impossibile che quell'individuo fosse un furfante, la voce era di Corvo, solo un po' sottotono. Un possibile imitatore? Non fu possibile vederlo in volto. Perché una vecchia conoscenza, che ha condiviso parte della sua vita con lui, aveva la necessità di nascondere il suo aspetto?

«Meglio non fidarsi» arrivò a dire prima di congedarsi «se dovesse ripresentarsi, lo manderò fuori strada».

«Buona idea». Confermò il barone compiaciuto.

Quella notte Gerardo era a pochi metri dalla casa dal tetto rosso, pronto a scoprire la verità. Doveva indagare, per scoprire chi si celava sotto quel cappuccio. Fece il suo ingresso da una finestra posteriore, lasciata aperta per aerare l'ambiente dai fumi emanati dalle braci.

"A quanto pare qui non hanno il camino", pensò osservando il carbone ancora vivo.

Attraversò quello che sembrava il vano cucina, alla cieca impugnò la maniglia di una porta. Era l'ingresso giusto, ricordava. Lo aprì, dirigendosi con sicurezza verso il giaciglio di Smilzo, sapeva che sulla destra era presente un mobile con sopra una candela. Con quella accesa sarebbe stato più facile.

Allungò la mano a casaccio, trovando e agguantando il portacandele. Accese il moccolo per osservare l'interno della camera. Il corpo del nano era ancora lì immobile, coperto dal velo sacro. Fece dietrofront, dirigendosi all'uscita. Appena fuori dalla stanza c'era una rampa di scale, l'avrebbe portato al piano superiore. Alle camere degli inquilini, sperava.

Un viso demoniaco si parò davanti a lui, un alito soffiò sulla candela spegnendola.

Un pugno lo centrò in pieno volto e in un attimo fu tutto nero.

Capitolo 85

«Cosa diavolo ci fate in casa mia, nel cuore della notte e vestito da furfante?»

La donna che prese in cura il piccolo uomo era a un palmo di naso dal religioso, con un bastone in mano. Gerardo, intontito e legato a una sedia, sotto minaccia cominciò a spifferare tutto, senza pensarci due volte.

«Ero venuto a cercare delle informazioni».

«Che tipo d'informazioni?» Lo pressò la donna avvicinando la mazza al mento del religioso, pronta a percuoterlo con violenza. «Non vi fidate del vostro amico?».

Gerardo sospirò.

«Corvo è stato dato per morto anni fa, non ho mai creduto a una singola parola di quello che mi avete detto» indicava la figura che si faceva passare per il suo amico, che ascoltava in silenzio.

«Presentandovi giorni addietro, m'è sorto più di un dubbio sulla vostra vera identità».

Il presunto parente di Rastaban, che era a pochi passi dietro la donna, si fece avanti.

«I vostri dubbi sono fondati, Corvo fu assassinato anni fa».

L'abate rimase colpito per quella rivelazione, non si aspettava di ricevere delle risposte in così poco tempo. Fu turbato a tal punto da non poter far a meno di formulare altre domande.

«Se Corvonero è veramente morto, chi ha preso il suo posto? Come siete venuti in possesso dell'anello?»

L'individuo rivelò il suo volto calandosi il copricapo.

Ci fu uno spazio di tempo di silenzio assoluto. Poi rotto dall'abate.

«Il vostro volto non mi dice niente, ma le mie domande rimangono sempre le stesse: chi siete? E come fate a possedere l'anello della stirpe?»

Il personaggio sospirò.

«Non posso ancora darvi tutte le risposte alle vostre domande, ma di quello che vi dirò, promettetemi di mantenerne il segreto fino alla fine».

Capitolo 86 **Anno del signore 251**

La povera Agata giaceva immobile sul suo giaciglio, dopo aver subito l'ennesima tortura, sembrava che non si riprendesse più.

Le mammelle amputate le creavano immenso dolore. Fu curata e sedata immediatamente, nella speranza che guarisse.

«Sembra in fin di vita» commentò il soldato di guardia all'ingresso della cella.

«Se dovesse morire, creerebbe una grande ribellione tra il popolo».

Popolo, che dopo aver conosciuto e appezzato la grande fede della giovane verso Cristo, continuava a convertirsi e pregare a ogni angolo della città.

«Meglio chiamare il fratello, che prepari gli estremi onori in suo favore».

Pochi minuti dopo Gabrio arrivò di corsa al cospetto della guardia. La notizia lo sconvolse, non poteva andare così, doveva salvare Agata dalle grinfie di Quinziano e renderla libera. Non poteva permettere che morisse senza aver mantenuto la sua promessa.

«Sono il fratello della carcerata» disse riprendendo fiato.

La sentinella, riconoscendolo, lo accolse aprendo la porta.

«Fate presto, il re non consente visite alla prigioniera».

Gabrio entrò inginocchiandosi al capezzale della ragazza, le strinse la mano.

Respirava ancora.

«Perdonatemi» piangeva «non sono riuscito a mantenere le mie promesse. Non mi è stato possibile».

Il garzone parlava nel silenzio più cupo, il mondo intorno a lui sembrò fermarsi. Neppure le preghiere dei devoti, fuori dalla finestra, sembravano allontanare quell'assenza di rumori dalla sua testa.

«Padre nostro, che sei nei cieli...»

Pregava benedicendo l'anima della giovane, affinché se ne andasse in pace.

«Sia santificato il tuo nome...»

Stare al fianco di padre Asmundo gli aveva permesso di apprendere le capacità di pregare e benedire le anime afflitte. L'unica cosa buona che quello scellerato aveva fatto.

«Ma liberaci dal male...»

«Amen...»

Concluse.

A quelle ultime parole, un palpito attraversò il corpo del giovane. Vide che la mano di Agata stringeva la sua. Per pochi secondi, poi la presa si allentò. Il cuore della giovane smise di battere, Agata aveva esalato il suo ultimo respiro. Gabrio scoppiò in lacrime. Era inginocchiato, teneva la mano della donna ancora stretta fra le sue.

La guardia all'ingresso aspettò prima di richiamare il visitatore. Poi entrò con la massima riservatezza, appoggiò una mano sulla spalla dell'afflitto.

«Mi spiace ragazzo, ma è meglio che non vi fate trovare qui, il re potrebbe arrivare da un momento all'altro».

Gabrio si sollevò a testa bassa, tra le lacrime.

Uscì dall'edificio, la gente osservava il volto disperato del ragazzo.

Nel sentire le voci attorno alzò lo sguardo, dicendo: «Agata è andata in cielo, ha resistito fino alla fine alle lusinghe del suo persecutore, mantenendo la sua fede in Cristo. Andate, e narrate al popolo quello che ha insegnato voi la sua fede».

Era il quinto giorno del secondo mese, dell'anno del Signore 251.

PARTE TERZA
IL TESORO DELLA FENICE

«Questo è Boro» l'abate si era presentato di buon mattino alla locanda, per parlare con Rastaban riguardo alla spedizione sul vulcano.

«Lieto di esser la vostra guida». Si presentò l'uomo.

Alto, snello, capelli castani, occhi color nocciola, aveva il viso liscio e senza un filo di barba.

«Sarà lui a guidarvi per i sentieri dell'Etna, conosce i suoi segreti più di chiunque altro».

«Spero che Gerardo vi abbia informato della situazione» disse il capitano.

Boro annuì: «L'abate mi ha reso i particolari più importanti. Siete alla ricerca d'indizi, di cui l'ultimo vi porta a fare delle ricerche sul vulcano».

Rastaban osservò l'individuo davanti a lui, sembrava molto giovane e senza esperienza al riguardo. Ma chi era lui per giudicare? Ormai si fidava di Gerardo, suo nonno stesso lo faceva. Se l'abate gli aveva assegnato quel giovane ritenendolo il più adatto alla situazione, doveva esserlo per davvero.

«Da dove pensate di cominciare?» Chiese il capitano sorseggiando un bicchiere di latte caldo. Il freddo era pungente, a metà inverno.

«Pensavo di cominciare da una grotta lavica ghiacciata, la più importante a 2030 metri di quota. Dalla parte opposta del monte».

«Dalla parte opposta? Quanto tempo occorrerebbe per arrivare a destinazione?»

L'uomo ci pensò.

«Un giorno e mezzo di marcia, con i cavalli anche meno».

«Quando avete intenzione di partire?» Domandò l'abate al capitano.

Rastaban non ci pensò due volte e ordinò: «Sellate i cavalli! Partiremo immediatamente».

«Da quanto conoscete l'abate?» Boro cercava di conversare col capitano, la strada era lunga e non gli andava di stare muto per tutto il viaggio.

I quattro viaggiatori erano appena usciti dal centro abitato diretti a Nord, nei villaggi limitrofi.

«In verità, non lo conosco per niente» rispose Rastaban «l'ho incontrato appena sbarcati in città. Mio nonno lo conosceva».

«Capisco, Gerardo non mi ha detto nulla al riguardo, solo che eravate in quattro. Ma voi siete in tre».

Rastaban, di fronte all'accortezza della guida, non poté far a meno di pensare al povero Smilzo e a come si erano incontrati la prima volta.

Capitolo 88 Norvegia, 1665

Un giovane marinaio, intento con le riparazioni allo scafo di un vascello, fu interrotto da urla d'aiuto provenienti dal retro della taverna vicina. Per virtù, o difetto della sua indole buona, il navigatore provetto non poté ignorare le richieste di soccorso.

Dirigendosi sul retro dell'osteria, vide due loschi figuri picchiare a sangue un pover'uomo. Dopo aver agguantato, per precauzione, una barra di ferro, attirò l'attenzione su di sé.

«Ehi, voi!» Gridò. «Lasciatelo stare!»

Uno dei due tizi si voltò digrignando i denti.

«Stanne fuori ragazzino, o le buscherai anche tu».

Il povero disgraziato, che le prendeva di santa ragione, sentì la voce del giovane.

«Aiutami ti prego, sono innocente» implorò con tutte le sue forze.

Il provetto marinaio non ci pensò due volte e stringendo la spranga cominciò a menar a destra e a manca. Il primo mascalzone svenne quasi subito. Il secondo riuscì a schivare e immobilizzare l'aggressore. Prendendolo per il bavero, lo sollevò da terra, pronto a schiaffeggiarlo.

«Eri stato avvertito, moccioso. Adesso ti darò una lezione che non dimenticherai facilmente».

Il giovane le prendeva come non mai, neanche suo padre l'aveva percosso così, con tanta rabbia.

Poi il suo aggressore allentò la presa, accasciandosi a terra. Alle sue spalle, chi aveva implorato il suo aiuto impugnava la barra di ferro macchiata di sangue.

Aveva spaccato la testa a chi l'aveva aggredito prima, passando da esser soccorso a soccorritore. Il giovane si riprese dalle botte, vedendo davanti a sé un piccolo uomo che lo fissava.

«Piacere» disse il nano «mi chiamo Egil, Smilzo per gli amici».

Allungò la mano per aiutare il suo salvatore: «Con chi ho il piacere di parlare?»

«Mi chiamo Rastaban». Rispose il navigatore «perché quegli uomini ti picchiavano?» Fu la sua prima curiosità.

Smilzo abbassò la testa. «In verità non sono innocente come ho detto, quei tizi mi picchiavano perché avevo derubato dentro la loro taverna».

Rastaban guardò il piccolo uomo: aveva aiutato un mascalzone ladro.

«Cosa avresti rubato per farti menare così? Oro? Argento?».

Smilzo si sentì ancora più a disagio, non riusciva a guardarlo in faccia.

«Ho rubato una ciotola di zuppa».

«Della zuppa! Doveva essere una di quelle costose, che solo i ricchi possono permettersi».

Il nano sollevò la testa, il suo volto era rigato dalle lacrime.

«No, non vale nulla. Anzi, è la più disgustosa che abbia mai assaporato. Purtroppo non tengo denari per pagarmene una».

A Rastaban quel piccolo uomo fece pena, poteva avere la sua stessa età. Provò talmente tanta pietà che gli propose qualcosa che non avrebbe mai detto a un perfetto sconosciuto:

«Vieni con me, mio nonno possiede una nave, ci serve nuovo personale di bordo».

Capitolo 89

«Sì» rispose il capitano «manca Smilzo. Non è con noi per motivi personali». Non volle esporsi più di tanto.

Si trovarono a percorrere un sentiero di pini secolari che creavano delle fitte pareti lungo la strada.

«Voi Boro, come avete conosciuto Gerardo?»

La guida ci pensò.

«Sono venuto in pellegrinaggio da Roma, smanioso di saperne di più sulla santa bambina e i suoi miracoli. La mia intenzione era di studiare i fatti antichi della città e scrivere un tomo sulla sua storia».

«Ci siete poi riuscito?» Chiese Rastaban.

«Ottenuto quel che volevo» continuò la guida «pensavo di ritornare a Roma. Ma mentre mi preparavo per ripartire, mi accorsi che non volevo».

«Amore a prima vista?» Intervenne Krystel dietro di loro. Cavalcava affiancata dal fratello.

«Diciamo che fu più un desiderio di non ritornare. Roma è grande, troppo caos. E più grande è una comunità, più gli interessi propri invadono le libertà altrui. Mi sentivo schiavo insomma, volevo solo studiare per diventare cardinale, un giorno».

Passato il sentiero, i pini lasciarono spazio a degli alberi da frutto. Il cammino proseguiva con andatura sicura. Da ore avevano percorso più di un quarto del tragitto.

«Comunque» Boro riprese il discorso «finito il manoscritto, mi dedicai all'esplorazione, soprattutto al vulcano e i suoi dintorni».

«Diventando il migliore nel vostro campo». Aggiunse Zala.

«Esatto» confermò la guida osservando le sfumature scure create dagli alberi. Una di quelle ombre aveva delle movenze molto bizzarre.

Una freccia perforò la grande dorsale del cavallo del norvegese, mancando di pochi centimetri la sua gamba.

La povera bestia, afflitta dal dolore improvviso, mandò a gambe all'aria il suo cavaliere, facendolo cadere malamente.

«Preparatevi a morire!» Una figura proveniente dal bosco fece la sua apparizione.

«Non avrò nessuna pietà per la gente come voi».

Capitolo 90

Rastaban si sollevò dolente, quando il suo aggressore si scagliò su di lui facendolo rovinare tra i cespugli. Zala e Krystel provarono a reagire, andando in soccorso del loro capitano, ma altri balordi fecero la loro comparsa da entrambi i lati. Presto la strada si tramutò in un campo di battaglia. Zala, Krystel, Rastaban e Boro si ritrovarono a fronteggiare un nemico sconosciuto. I due arabi furono aggrediti, costretti a resistere al nemico da terra. Erano stati accerchiati da sei individui in avvicinamento, il tempo di pensare a come agire si riduceva notevolmente. Il nemico si avvicinava sempre più.

Boro era alle prese con due loschi figuri che lo aggredivano da entrambi i lati. La guida schivava gli attacchi con agilità, la sua corporatura mingherlina lo agevolava molto. All'ennesima elusione, si ritrovò la faccia contro un albero. Il norvegese si proteggeva dalle incursioni osservando lo sguardo indemoniato del suo aggressore. Era un volto che aveva già visto.

«Tu eri morto! Alla locanda, con la gola tagliata». Il balordo pressava il suo attacco, tentava di infilzare il capitano con uno stiletto.

«Quello era mio fratello!» Disse rabbioso. «Ho giurato di vendicarlo, scovandovi e aprendovi il torace come un melone».

«Zala!» Krystel chiedeva l'attenzione del fratello, che ascoltava tenendo d'occhio i nemici.

«Ricordi quando ci siamo trovati nella medesima situazione, a Oslo?» Zala ricordava quel frangente non facile, mai aveva immaginato di ritrovarsi di nuovo in quelle circostanze.

«Che intenzioni hai?»

«Pensavo di utilizzare la stessa tecnica di allora».

Capitolo 91

«Dove si è cacciato quell'idiota!»

Thuban si spostava nervosamente per le stanze, in cerca del suo braccio destro.

«Gli hanno ammazzato il fratello» dichiarò il maestro «vedrai che sarà andato a ubriacarsi con del buon vino, per dimenticare».

L'assassino di Corvonero non si dava requie.

«Avevo un compito importante da assegnargli!» Urlava dalla camera adiacente. «E lui sparisce!»

«Si ripresenterà da un momento all'altro, vedrai» tentò di tranquillizzarlo l'uomo, che dava le spalle al fuoco.

Thuban ritornò, passando di fronte all'anziano.

Il maestro non tollerava più quel via vai.

«E smettila di vagare come un leone in gabbia!» Urlò a sua volta. «Mi fai girare la testa!».

Thuban fermò la sua andatura, arrestandosi accanto a una cassapanca: «Spero solo che non si metta nei guai».

Capitolo 92

«Non ho ucciso io tuo fratello». Rastaban tentava di respingere l'attacco nemico. «Qualcuno l'ha pugnalato alle spalle».

«Siete un bugiardo!» Lo ammonì Saul, questo era il nome dell'aggressore. Una sciabola dietro la schiena e degli abiti marinareschi lo distinguevano dagli altri.

«Tuo fratello è stato ucciso durante lo scontro di tre notti addietro, alla locanda».

Saul faceva pressione, la lama sfiorava la cotta di pelle del norvegese.

«Pagherai anche per le tue menzogne».

I due arabi si misero in assetto difensivo, Krystel davanti a Zala, con i pugnali pronti all'uso. I nemici che li accerchiavano avanzavano sempre più, riducendo lo spazio.

«Pronto?» Chiese la sorella.

«Pronto».

La donna saltò arretrando le gambe, che vennero afferrate da Zala. L'arabo cominciò a roteare su se stesso, mantenendo il corpo della sorella in posizione orizzontale. La donna sguainò i pugnali orientandoli in direzione dei nemici.

Boro si ritrovò stordito: aveva urtato contro un duro tronco e perso l'orientamento.

«Sei spacciato!» Urlò uno degli assalitori.

La guida non si fece prendere dal panico, cominciò ad arretrare, osservando dove metteva i piedi. Arrivò in prossimità di una gola.

L'altezza non era più di dieci piedi, ma le rocce in fondo al precipizio erano affilate come rasoi. Si sarebbe schiantato ferendosi gravemente.

«Ho capito le tue intenzioni» affermò l'uomo dinanzi a lui.

«Speri che ti attacchi, così tu, all'ultimo momento, ti scansi per farmi cadere giù». Sorrise beffardo. «È un gioco vecchio millenni».

Il volto di Boro s'incupì, la sua smorfia infelice confermava quello che aveva intuito l'avversario. La guida fece un altro passo indietro. Gli uomini davanti a lui capirono il suo gioco e avanzarono lentamente.

«Se mi lasciate, vi renderò ricchi!» Implorò la guida. «So dove si cela un favoloso tesoro».

«Quello lo avremo comunque» rispose uno di loro «è solo questione di tempo».

«Prega per la tua anima, tra poco sarai al cospetto del creatore!» Dichiarò l'altro, leggendo la paura nello sguardo di Boro.

Arretrò di un altro passo. Vedeva gli arabi lottare e il capitano era sparito tra gli arbusti, nessuno che potesse venire in suo soccorso. A questo punto si trovò a pochi centimetri dal baratro. Non gli restò che arrendersi, pregò chiudendo gli occhi. Gli aggressori si trovarono a due metri, pronti ad aggredire la loro preda.

Rastaban tastava il terreno, alla ricerca di un oggetto contundente. Doveva trovarlo prima che Saul gli squarciasse lo stomaco.

«Tuo fratello ha avuto quel che meritava!» Esclamò il capitano. «Mi ha aggredito nel cuore della notte, il bastardo meritava la fine che ha avuto».

A quelle parole, lo scagnozzo di Thuban non ci vide dalla rabbia.

Agguantò la lama con entrambe le mani, dando più forza alla pugnalata.

«Muori, maledetto!»

Rastaban, sottomesso dalla forza del rivale, ebbe il tempo di agguantare un sasso, frantumandolo sulla testa dell'assalitore, giusto un istante prima di ritrovarsi con le budella di fuori.

Saul lasciò la presa della lama.

Zala continuava a tenere per le caviglie la sorella. Volteggiare, permetteva una velocità d'attacco eccezionale. I rivali caddero sotto i colpi inflitti dalle lame, uno dopo l'altro.

«A te la scelta! Preferisci morire gettandoti di sotto, o essere affettato?»

Boro guardò giù, sarebbe morto tra le rocce affilate, dopo una lunga agonia.

«Preferisco morire affettato, non ho il coraggio di buttarmi».

«Come preferisci, sarai accontentato». I due uomini si avvicinarono in modo sincrono.

Le urla strazianti arrivarono alle orecchie dei due arabi, che rimasero a guardare verso il precipizio. Una voragine aveva inghiottito i due uomini a pochi passi da Boro che si avvicinò per vedere le loro condizioni.

«Siete caduti in una trappola per cinghiali...» Sorrise. «Le punte che dovevano trafiggere le povere bestie vi hanno perforato il corpo. È quello che merita la gente come voi».

Krystel e Zala si avvicinarono alla guida.

«Come facevi a sapere della trappola?» Domandò l'arabo.

«L'ho piazzata io. Bisogna pur mangiare».

Rastaban interrogava Saul, tentando di scippargli delle informazioni importanti.

«Non lo so!» Saul sanguinava dalla testa ferita. «Non l'ho mai visto in volto».

«Bugiardo!» Dei ceffoni percossero il volto dell'uomo.

«Lui ti segue ovunque, sa tutto di te. Non puoi fare un passo senza che lui non lo venga a sapere».

«Rastaban, tutto bene?» Zala, Krystel e Boro si avvicinarono al capitano, che smise di percuotere il rivale.

Questo, vedendosi non osservato, masticò una compressa. Presto gli uscì della schiuma dalla bocca. Cominciò ad avere le convulsioni.

«Maledetto bastardo!» Il norvegese lo scuoteva.

«Non puoi andartene senza darmi delle risposte. Parla!»

L'uomo smise di respirare pochi secondi dopo. Il capitano provò a rianimarlo, dandogli dei pugni al petto.

«È andato». Lo fermò Boro. «Non sprecate energie, la strada è ancora lunga e i cavalli sono spariti».

Capitolo 93 **Anno del signore 251**

«Sire!» Un soldato si presentò al palazzo reale. «Il popolo è in rivolta. Dopo la morte della prigioniera, abbiamo subito degli attacchi».

«Non dite idiozie» rispose secco Quinziano.

«E in aggiunta» continuò il militare «c'è in giro la voce di una profezia. Pare che la giustizia divina si abbatterà presto su di voi e i vostri sudditi, senza lasciar scampo a nessuno».

Il monarca si alzò dalla sua poltrona regale, andando a osservare di là dalla finestra. Uno strano silenzio avvolgeva la piazza.

«Sapete che non crediamo a queste cose». Chiarì.

«La giustizia divina è solo una leggenda, raccontata ai poveri credenti» affermò riaccomodandosi.

In quel momento, un sasso ruppe il vetro finendo ai piedi del militare. La piazza sottostante fu invasa da una moltitudine di gente infuriata. Presto il silenzio si tramutò in vocio, poi in proteste sempre più accese. Il popolo urlava contro il proconsole.

«Consiglio di mettervi al riparo» suggerì la guardia preoccupata.

«Chiamate i rinforzi!» Ordinò Quinziano. «Non saranno dei plebei a spaventarmi».

Arrivato l'esercito, l'area fu sgomberata. Delle guardie furono disposte ai quattro angoli dello spiazzo, evitando sul nascere raggruppamenti contro il re. Per giorni la calma regnò nei pressi del palazzo, dove Quinziano riscuoteva parte dei proventi derivati dalle tasse. La presenza dei soldati eliminava sul nascere ogni voce di protesta.

Dopo una settimana, un terremoto colpì Catania uccidendo solo alcuni sudditi del re, che si ostinava a occupare la città.

Il popolo, in rivolta, riempì nuovamente la piazza. Muniti di ogni sorta di arma fai da te, la gente vinse contro i soldati, che fuggirono per non essere lapidati dalla folla. Furono comunque travolti da una pioggia di pietre. In quel momento il re si sentì veramente in pericolo.

«Preparate la carrozza!» Ordinò al suo unico suddito rimasto. «Partiremo immediatamente».

Un'ora dopo, il re si mise in marcia verso Sud, seguito da ciò che restava del suo esercito.

«Speriamo di essere ancora in tempo» pregò il soldato che faceva da scorta all'interno della carrozza.

«In tempo per cosa?» Chiese il re.

«In tempo per sfuggire alla profezia».

«Ancora con questa idiozia? Credete troppo alle favole voi».

Erano in prossimità del fiume Simeto, che scorreva calmo. La vettura rallentò, per affrontare il guado. I cavalli immersero gli zoccoli nella melma, dando inizio all'attraversamento. Tutto sembrò andar liscio, quando esattamente a metà strada, i destrieri rimasero impantanati nel fango. Le sabbie al centro del fiume erano troppo molli per il loro peso.

«Che succede?» Domandò il monarca preoccupato.

«Siamo bloccati, niente di grave» rispose il cocchiere tranquillo.

Il carro affondava lentamente e non si mosse di un solo centimetro. Un rumore attirò l'attenzione della guardia. Un'onda anomala, alta due metri, si avvicinava rapidamente.

Impetuosa, piena di rabbia e detriti di ogni genere, avrebbe travolto tutto ciò che si fosse messo tra lei e la sua destinazione. Presto avrebbe sommerso l'intero carro, senza lasciar scampo ai suoi occupanti.

Il re si sporse incuriosito. Trasalì vedendo il cavallone.

«La profezia si sta per compiere» avvisò il soldato.

«Fatemi uscire immediatamente da questa trappola!» Urlò Quinziano preso dal panico.

Gli occupanti provarono a uscire. Il fango era ormai all'interno della vettura, la pressione esercitata dall'esterno bloccò le portiere.

L'acqua travolse il carro con i suoi passeggeri, il re e la sua scorta annegarono. Subirono la stessa sorte anche i soldati al suo seguito.

Quando le acque si ritirarono, non c'era traccia del loro passaggio.

Capitolo 94

«Quanto manca alla grotta?» Volle sapere la donna.

Avevano marciato tutto il giorno e stavano passando la notte bivaccando tra delle rovine, attorno a un fuoco che li proteggeva dal freddo pungente.

«Domani per la decima ora, forse anche prima», confermò la guida. «Se ci mettiamo in marcia prima dell'alba, dovremmo farcela».

«Tutto questo tempo?» Chiese Zala.

Dopo gli ultimi avvenimenti sperava di mettere il prima possibile la parola "fine" alla faccenda.

Boro rispose: «Pensavo di prendere un percorso alternativo. Senza cavalli è arduo, ma tra i sentieri poco battuti saremo protetti dalla vegetazione».

«Concordo per il percorso alternativo» s'intromise il norvegese, che aveva ascoltato senza proferir verbo fino a quel momento.

«Speriamo solo di non aver altre brutte sorprese».

Tutti sembrarono esser d'accordo sul percorso proposto dalla guida.

«Bene» asserì Boro «conviene che riposiate, allora. Io starò di guardia».

Passata la notte, prima dell'alba ripresero la marcia.

Capitolo 95

Il percorso era divenuto proibitivo. L'assenza dei cavalli pesava sulla psiche dei viaggiatori e il gelo ne limitava i movimenti.

Boro guidava il gruppo tra i ghiacci del vulcano.

«Siamo quasi arrivati». La voce era debole, il fiato corto.

«Oltre quella collina» indicò dritto davanti a sé «si trova un piccolo villaggio medievale. Lì c'è quello che cerchiamo».

Il borgo si presentò ai loro occhi, appena arrivati in cima all'altura.

Di origine prettamente medievale, costruita su di un ciglione lavico sul versante nord, la cittadina presentava ancora tracce della vita d'altri tempi, mescolata a quella moderna. Era passata l'alba da tre ore, quando incapparono in quella che sembrava la bocca del diavolo. L'ingresso della grotta si presentò davanti a loro con stalattiti di ghiaccio che scendevano fino a mezz'altezza e delle stalagmiti di lava solida, che fuoriuscivano dal pavimento.

«La grotta del gelo» informò la guida «la più importante del vulcano. Una galleria di scorrimento, originatasi dal raffreddamento di una colata lavica, appena agli inizi di questo secolo».

Boro chiuse il mantello, coprendosi al meglio.

«Copritevi, dentro fa veramente freddo».

Entrarono, facendo attenzione a dove mettevano i piedi. Il pavimento era disseminato di lastre di ghiaccio, pronte a far scivolare chi le avesse calpestate.

Gocce d'acqua scintillanti rompevano il silenzio.

Pian piano si addentrarono sempre più nelle viscere del vulcano, scorgendo segni del passaggio di altri esseri umani.

«Simboli liturgici» informò Boro «probabilmente riti magici per calmare lo spirito indomito del gigante».

Il capitano osservava curioso: non credeva che un semplice contrassegno potesse avere il potere di fermare un'eruzione.

«Questo segno» disse «mi sembra di averlo già visto».

Si piegò, cercando di dare un valore a quello che stava osservando alla sua sinistra.

«Non è molto chiaro» ammise la guida «non sembra un simbolo di scongiura».

Il norvegese avvicinò la lanterna, sciogliendo parte del ghiaccio attorno all'immagine. Dopo pochi minuti, gli esploratori osservavano il simbolo scolpito sulla pietra.

«Assomiglia a un uomo che sorregge qualcosa, ma non mi dice nulla» osservò l'arabo.

Il capitano decise di sciogliere altro ghiaccio, nella speranza di capirci qualcosa di più. Si arrese poco dopo, il ghiaccio era troppo spesso per scioglierlo con una semplice fiamma.

La sensazione di aver già visto quel simbolo non svanì.

Appoggiò la mano alla parete, facendo ricorso alla sua memoria. Sentiva i solchi sul palmo.

«"Tifeo"» sussurrò.

Fece una leggera pressione, e l'arto sprofondò dentro la parete, il simbolo si sgretolò come un castello di sabbia. Quella che sembrava una solida parete lavica, in realtà era solo cenere vulcanica congelatasi nel tempo.

Capitolo 96

Seguendo l'istinto imboccarono la nuova galleria.

«Non avevo mai visto questa parte della grotta» affermò Boro.

Non c'era alcun segno del passaggio di esseri umani e le stalattiti di ghiaccio presto svanirono.

«Sbaglio, o fa più caldo?» Chiese l'arabo.

Il freddo pungente aveva lasciato il posto a un tepore confortevole, costringendo gli esploratori a liberarsi degli indumenti più pesanti. Più scendevano, più il tepore aumentava. Il calore presto divenne difficile da sopportare.

«Sento del rumore» disse Zala tendendo le orecchie.

Si fermarono ad ascoltare.

I rumori di sottofondo riempirono l'interno della spelonca.

«Sembra un respiro» affermò il norvegese.

Dell'aria calda lo investì, accarezzandogli il viso. «… un respiro di drago che riposa» aggiunse.

Krystel sorrise. «Non crederai mica di trovare per davvero il drago *"Tifeo"*, spero!»

«Mio nonno raccontava spesso storie fantastiche, sui draghi e le loro abilità incendiarie dando a tutte le sue parole un senso di realtà. Ho solo immaginato una delle tante scene». Rastaban ricambiò il sorriso.

«È solo il gorgoglio del vulcano» intervenne Boro, infrangendo i sogni di Rastaban.

All'esterno, una figura si nascondeva tra i cespugli, vicino all'ingresso della grotta.

Aspettava, in agguato, il ritorno degli esploratori.

Capitolo 97 Anno del Signore 252

A un anno dalla morte di Agata, la città fu travolta da una grande eruzione, che ebbe inizio il primo giorno del secondo mese.

Distruggendo alcuni villaggi in periferia, la colata proseguiva implacabile, arrivando nei pressi del centro abitato.

Gli abitanti, che avevano creduto in Cristo grazie alla giovane martire, spaventati davanti all'avanzare del torrente di lava, fecero ricorso al velo che aveva coperto il corpo della giovane durante il martirio dei carboni ardenti.

L'organza fu opposta al fuoco che avanzava inesorabile.

Come per magia, la furia del vulcano si arrestò completamente, facendo rallentare e poi fermare la lava a pochi metri dall'ingresso della città.

Un anno dopo la sua morte, il cinque febbraio, Agata la buona divenne S. Agata, patrona e protettrice di Catania.

Capitolo 98

Un alone rossastro cominciò a colorare le pareti circostanti, pulsando sempre più per ogni metro avanzato. Il calore aumentava.

«Sembra di essere dentro una fornace». Il capitano si asciugava il sudore che non smetteva di colargli dalla fronte.

«Siamo vicini a una fonte di lava, probabilmente un *"lago"*» replicò Boro indicando la fonte luminosa.

Dopo pochi metri il percorso s'interruppe, lasciando spazio a una voragine.

La lava ribolliva, come un pentolone pieno di zuppa traboccante.

Sulla sponda Nord si intravedeva un monumento. Non si scorgevano le sue fattezze, il calore distorceva i contorni di quello che sembrava un sarcofago.

«Dobbiamo trovare il modo di andare lì sotto!» Il norvegese scrutava l'ambiente in cerca di un percorso per discendere il dirupo.

«Non vedo nessuna soluzione» dichiarò Krystel osservando la ripida parete, liscia come la pelle di un bambino.

«Se non quella di tuffarci» ironizzò il fratello.

«Se l'hanno messo lì, una via d'accesso ci sarà». Il capitano non voleva arrendersi.

«Forse esisteva» affermò la guida: vedeva la parete Ovest che presentava tracce di gradoni «i terremoti l'avranno fatta crollare».

«L'unica è di calarci in verticale, sono solo sette metri». Zala era ritornato portando con sé una fune, preparandosi per la discesa.

«Mi sembra alquanto pericoloso» fece osservare la sorella.

«Non vedo altra soluzione» legò la cima a una stalagmite.

«Mi calerò io, prendo l'indizio e mi tirerete su».

«No, vado io» obiettò il capitano.

«Con quello che pesi, neanche dieci uomini riuscirebbero a tirarti su» affermò la giovane.

Zala afferrò la corda, deciso a calarsi.

«È troppo pericoloso!» Lo fermò Rastaban, «e poi la cosa riguarda me».

La sensazione all'interno era quella che dovesse esplodere tutto da un momento all'altro.

«Non abbiamo molto tempo» constatò Boro. «Decidete in fretta, la lava sale».

L'arabo osservò il movimento della lava, ricordava un gigantesco polmone. Il gorgoglio s'intensificava a ogni *"respiro"*.

"Io sono più veloce", pensò l'uomo dai capelli cinerei, "ma devo agire in fretta".

Zala guardò il capitano dritto negli occhi.

«Perdonami amico».

Fece un passo indietro.

L'istante dopo, il capitano si ritrovò a terra.

L'arabo l'aveva colpito in pieno petto, con un pugno, quel tanto da costringere Rastaban ad accasciarsi a terra col respiro affannato, guadagnando così il tempo per agire. Quando il norvegese si riprese, era già troppo tardi. Zala si trovava a metà della discesa.

«Non ha tutti i torti» affermò la guida «l'arabo è agile, e voi lo aiuterete a risalire più in fretta».

Il capitano rimase a guardare in silenzio l'amico, che toccò il suolo sicuro di sé.

Alcune rocce sembravano prender fuoco.

«Più in fretta fratello!» Lo sollecitava Krystel dall'alto.

«Ho un brutto presentimento, quelle rocce non sono del tutto solide».

Zala era a pochi passi dalla struttura, quando una bolla, esplodendo, lanciò della roccia fusa che lo raggiunse lambendo la suola del suo stivale destro.

«Datti una mossa!» Urlava il norvegese.

L'arabo vedeva la lava strabordare, cominciava a sfiorare la base della struttura. Continuò a proseguire saltellando di roccia in roccia, senza farsi prendere dal panico e stando attento a dove mettere i piedi.

Arrivò a toccare il monumento.

Lo esaminò in cerca d'indizi.

La lava avanzava sempre più.

Uno stivale prese fuoco, aveva fatto un passo falso.

Doveva sbrigarsi a trovare l'oggetto, se non voleva fare la fine del coniglio arrosto.

Un'altra bolla rovente esplose, e per poco non gli fece una doccia di lava.

«Torna indietro!» Urlava la sorella presa dal panico.

Zala sentiva la pressione stritolarlo. Il caldo era insopportabile.

Non valeva la pena rischiare.

Tornò indietro a lunghe falcate.

Il peso dell'uomo, al contatto con la pietra lavica ancora non solidificata del tutto, creava degli squarci al suolo, facendo fuoriuscire del plasma ancora liquido.

Immerse uno stivale dentro una roccia.

Il calore immediato stava già bruciando la pelle del suo arto.

La sorella vide la scena e decise di intervenire.

Senza pensarci due volte, agguantò la cima per calarsi.

Il norvegese la bloccò.

«Lasciami andare, maledetto! È solo colpa tua!».

Il capitano la teneva bloccata a sé con un braccio e cercava di coprire la vista con l'altra mano.

Boro osservò la scena impassibile.

L'arabo era circondato dalla lava, a un metro dalla salvezza e privo di uno stivale.

Doveva provare il tutto per tutto, se voleva salvare la pelle.

Si lanciò in direzione della fune con un grande balzo.

La sorella, ancora trattenuta dal capitano, osservava tra le lacrime.

Boro si accostò alla corda, pronto per afferrare l'arabo.

Zala si aggrappò con tutta la forza rimastagli. La corsa tra gli spruzzi di lava e il calore intenso l'aveva sfiancato.

«Resisti amico». La guida cominciò a tirare.

La donna si svincolo dalla presa del norvegese, agguantando la fune a sua volta.

Cominciarono a tirar su l'arabo.

Zala presentava bruciature e scottature lievi, l'arto scoperto gli doleva più di ogni altra cosa.

«Zala!» Esclamò la sorella dandogli i primi soccorsi.

La voce tremolante e le lacrime ancora visibili davano prova della grande angoscia che aveva colmato il suo cuore.

«Come stai?»

«Sto bene, niente di grave» la tranquillizzò lui. Era sfinito, ma ancora cosciente e vigile.

Il capitano osservò la parte superiore della struttura che veniva inghiottita dalla lava.

«Tutti i progressi fatti fin qui sono stati vani. Torniamo in Norvegia, il tesoro è andato perduto per sempre».

«Non aver fretta di tornare a casa» disse l'uomo dai capelli cinerei.

«Almeno, fino a quando non avrai scoperto l'ultimo segreto che ha da dirti il tuo drago».

Capitolo 99

«Eccellenza!» Il tono del sottoposto era preoccupato.

L'abate apparve poco dopo, uscendo dal confessionale.

«Cosa vi turba tanto da disturbare il riposo dei santi?» Chiese dopo aver benedetto la donna cui aveva assolto i peccati.

«Eminenza!» L'aspirante cardinale gli si fece più vicino.

«Il popolo… il popolo ha paura. Gli ultimi eventi catastrofici hanno scoraggiato gli animi delle genti, gira voce che presto abbandoneranno la città».

Il volto dell'abate passò dall'espressione sorpresa causata dalle urla in un luogo sacro, a quella triste, per la notizia appena appresa. Pochi secondi furono sufficienti, poi Gerardo riprese il controllo di sé.

«Poveri sciocchi, hanno perso la fede» rilevò la debolezza dei cittadini «dimenticando gli insegnamenti che una giovane martire ci donò, sacrificando la sua stessa vita secoli addietro».

«Hanno bisogno di rinnovare la fede in Dio» aggiunse il sottoposto.

L'abate osservava la gente, che scavava ancora tra i detriti.

«Come disapprovare la loro decisione? Vivere in una città disgraziata come questa…».

Da secoli, la città di Catania subiva cataclismi di ogni genere.

"Quanto tempo dovrà passare, prima che la pace regni su questa terra?". Era il suo pensiero ricorrente. Strinse i pugni, pensando a come risolvere il problema.

«Convocatemi Giuseppe Cilestri» ordinò «ditegli che l'abate vuole conversare con lui. Urgentemente».

«Il popolo ha bisogno del supporto necessario, per ritrovare la fede perduta. E l'avrà».

Si girò, posando le mani sulle spalle del giovane prete.

«Mettete in giro la voce che presto l'abate parlerà al popolo».

Senza aspettare oltre, Gerardo si avviò lungo la navata, per poi sparire dietro una porta.

Capitolo 100

«Meglio andarcene, se non volete farvi un bagno di pietra fusa».

La lava guadagnava sempre più spazio, arrivando a coprire metà della distanza che la separava dal lago incandescente ai quattro esploratori che erano pronti a dirigersi verso l'uscita.

Affrettarono il passo, percorrendo la strada del ritorno avvolti dal vapore acqueo. Le stalattiti di ghiaccio erano completamene svanite, lasciando visibile la nuda pietra nera.

Un tuono scosse l'intera grotta, stordendo gli esploratori: un boato dall'entroterra che aveva accelerato il processo della risalita del magma.

«Non toccate le pareti» avvisò Boro «scottano».

«Comincio a vedere della luce» affermò il capitano, indicando dritto a sé.

Guidava il gruppo a due metri di distanza.

L'uscita era a pochi passi, quando una seconda deflagrazione creò una forte onda d'urto all'interno della spelonca, travolgendo i suoi occupanti, spinti in avanti con una forza immane.

Superarono il confine, tra oscurità e luce, appena prima del cedimento della grotta.

«State tutti bene?» La voce proveniva alle loro spalle.

Il primo ad alzarsi fu la guida, che voltandosi, assegnò un nome alla voce.

«Brando!» Esclamò con enfasi Boro. «Cosa ci fate voi qui?»

Brando tese la mano all'amico: «Sono venuto per aiutarvi».

«Aiutarci in cosa?» La guida si levò la polvere di dosso.

«Nelle ricerche» rispose il servo dello Scammacca «per trovare quello che state cercando».

«In nome di chi?» Replicò il capitano, non potendo fare a meno di sentire. Non si fidava di Brando, l'aveva beccato più volte a gironzolare in cerca di chissà cosa. Brando rivolse lo sguardo dietro le spalle di Boro, osservando la stazza imponente del capitano.

«In nome del barone Arcaloro».

«Non credo alle parole di quell'infame!» Esclamò con rabbia avvicinandosi. «Voleva arrestarci appena messo piede su questa città. Perché dovrei?».

«Quello che dite è vero» replicò Brando «ma col passare dei giorni, ha capito che voi siete di cuore nobile e, per il bene del popolo, è disposto ad aiutarvi, mettendomi come scorta a protezione della vostra incolumità».

«Non ho ricevuto nessuna protezione, solo minacce. Rischiando di morire ammazzato più volte, per mano di scellerati, banditi e pazzi di ogni genere».

Il servo del barone non tardò a rispondere.

«Chi credete che vi abbia salvato, quella notte alla locanda?», Dichiarò. «Se non fosse stato per me, il corpo riverso su una pozza di sangue sarebbe stato il vostro».

«Non credo a una singola parola di quello che avete detto!». Il norvegese lo prese per il bavero. «Perché Arcaloro ha cambiato idea? Non mentitemi se volete ritornare a casa con le ossa ancora intere».

Brando si ritrovò a boccheggiare, Rastaban agguantò il collo del suo presunto salvatore. Non credeva che fosse stato lui a salvarlo quella notte.

Le sue mani erano come la pinza di un fabbro, che stringeva il ferro ancora incandescente. Questa era la sensazione che Brando provava alla gola. Le dita massicce lo stavano soffocando, da lì a pochi secondi si sarebbe ritrovato esanime.

Doveva reagire.

«Per… perché…» cominciò a balbettare «perché la città spera di rinascere…» gli mancava il respiro «…dalle proprie ceneri… più bella di prima».

Il norvegese mollò la presa un attimo prima che Brando perdesse conoscenza.

«Cosa c'entro io col destino della città? Io voglio solo il tesoro, e andarmene».

L'uomo cadde a terra, massaggiandosi il gozzo. Respirava a fatica.

«Senza quell'oro» tossì «è impossibile ricostruire in poco tempo, ci vorranno secoli. E il popolo sta perdendo la speranza».

«Riceverete un'adeguata ricompensa, voi e il vostro equipaggio».

«Non m'importa nulla della vostra maledetta città, che bruci tra le fiamme del vostro stupido vulcano!» Rispose rabbioso il capitano.

«Andiamocene!» Disse in modo arrogante ai compagni che avevano guardato impressionati tutta la scena.

«Abbiamo un indizio da decifrare, e la strada è ancora lunga!»

Abbassò lo sguardo. «Ho un amico da salvare».

Quelle ultime parole suonarono come di pentimento. Un pentimento che veniva dal profondo del suo cuore.

«Vi riferite a Smilzo?» Disse Brando, recuperate le forze.

«Purtroppo giace senza vita, in una cascina appena fuori città».

«Voi mentite!» Urlò di nuovo il capitano spingendolo, e facendolo cadere ancora.

«Smilzo è prigioniero, non morto! e fino a quando non consegnerò il tesoro rimarrà tale».

«L'hanno trovato dentro una grotta, incatenato» fece una pausa rialzandosi «pieno di lividi e bruciature, privo di sensi. L'abate sa, ha fatto il possibile per salvarlo».

«Gerardo mi avrebbe tenuto informato di un fatto simile, sa che sono alla ricerca dell'oro per liberare Smilzo».

«In verità, sa molto più di quanto pensiate. È stato più volte a colloquio, al cospetto del barone. Ha seguito i vostri progressi in modo più indiretto che in presenza».

Rastaban rimase a pensare per lunghi secondi, guardando negli occhi l'uomo davanti a sé. Cercava di smascherare il suo inganno. I secondi divennero minuti, quando una mano si posò sulla sua spalla.

Era Zala, che lo fissava. «Va tutto bene?»

Il norvegese parve risvegliarsi, come da un lungo sonno. Osservando prima Zala, che ancora lo fissava e poi l'uomo di fronte, che attendeva una qualsiasi reazione.

Positiva, sperava Brando.

Si voltò, spalle a quest'ultimo.

«Andiamo» furono le sue parole «abbiamo un abate da interrogare».

Capitolo 101

La moltitudine di gente, in poco tempo, riempì la piazza. Attendeva la comparsa del priore.

Passarono pochi minuti, prima che Gerardo apparisse. Era accompagnato dal tesoriere, Giuseppe Cilestri.

L'abate non perse tempo e cominciò a rivolgersi al popolo.

«Cari fedeli, vi ho riuniti qui, oggi, perché tra voi gira la voce di abbandonare la vostra terra. Terra che la nostra padrona, Agata, ha difeso compiendo miracoli, e dando la propria vita per il bene del suo popolo».

La folla vociferava.

«Siamo stanchi!» Un uomo tra la calca parlò: «Abbiamo perso le forze, troppe catastrofi hanno colpito la città!»

La replica di Gerardo non si fece attendere.

«Quello che avete perso è la fede! E noi siamo qui per rinnovarla». Fece cenno al tesoriere di affiancarlo.

Cilestri si mise accanto a Gerardo. Portava con sé un oggetto, coperto da un drappo.

«Osservate e pentitevi».

Dopo un cenno di Gerardo il tesoriere tolse il drappo e scoprì l'oggetto.

Una reliquia si presentò agli occhi del popolo, un resto sacro, appartenuto alla giovane martire. La massa osservò quel cimelio, ma non si convinse del tutto.

«*"Protegas populi mei in nomine domini qui resurrexit"*» aggiunse Gerardo, pieno di speranza.

Fu in quel momento che il popolo ricordò gli insegnamenti tramandati da secoli.

Uno dopo l'altro, le persone si prostrarono davanti alla reliquia santa che aveva riempito i loro cuori, ridando nuova fede e speranza.

Capitolo 102

"Noli offendere patria Agathae quia ultrix iniuriarum est..."

Una voce lontana scosse il silenzio dei suoi pensieri. Un accento di donna, la stessa che aveva sentito giorni addietro.

"Cosa significa? Perché non riesco a muovermi?".

"Noli offendere..." ripeteva la voce.

"Cosa mi sta succedendo? Dove mi trovo?"

L'oscurità avvolgeva ogni cosa attorno a lui. Nessuna luce, né altro rumore. Solo il rimbombare di quello che sembrava un ammonimento verbale.

"...Patria Agathae..."

"Basta!" urlava.

 Non sentiva la sua voce.

"Sono diventato sordo? Cieco?" Non riusciva a capirlo.

Non sapeva capacitarsi, non sapeva se era in posizione distesa o altro.

Si sentiva galleggiare nell'oblio.

"... Quia ultrix iniuriarum est".

La voce svanì. Un rumore attirò la sua attenzione. Dei passi felpati, provenienti da chissà dove, avanzavano. Non capì chi fosse, ma si avvicinava sempre più.

Il rumore si dissolse, lasciando il silenzio assoluto. Di nuovo.

«O mio Dio!»

Una seconda voce risuonò, piena di stupore.

Non capiva la sua provenienza, ma sentiva la sua presenza molto vicina. Poi, una luce intensa lo avvolse completamente, la mente si riempì di reminiscenze.

Tracce di un passato non molto remoto.

Capitolo 103

Entrò, senza badare alla minima attenzione o rispetto per il luogo in cui si trovava. Intento a trovare le risposte che cercava, cominciò ad urlare. I pochi fedeli che pregavano, avvertendo una sensazione di pericolo si fecero il segno della croce, prima di uscire indignati.

Una figura in veste talare fece la sua apparizione, era il sottoposto dell'abate. Rastaban allungò il passo in direzione del religioso, esclamando a gran voce la necessità di vedere l'abate.

«Perché urlate? Questo è un luogo sacro».

Ebbe solo il tempo di finire la frase, prima che il norvegese lo zittisse.

«Dov'è! Dove si trova quel maledetto di un abate? Ditemelo, o vi strangolerò qui, seduta stante».

Il poveretto cominciò a tremare, non riuscendo a spiccicare una sillaba.

«Rispondete» fu strattonato con forza.

«Adesso è in riunione, appena si libera…»

«Portatemi da lui» gli urlò in faccia il capitano, «immediatamente».

«Non si può troncare una riunione dell'abate senza un motivo valido, rischio di…».

Il sottoposto si ritrovò a impattare contro la parete, una smorfia di dolore segnò il suo volto.

Il capitano premeva una costola fluttuante del poveretto, contemporaneamente gli tappava la bocca per non attirare troppo l'attenzione.

«Non lo ripeto più» lo informò guardandolo dritto negli occhi «portatemi da lui».

Il sostituto di Gerardo assecondò la volontà del norvegese facendo un cenno positivo con la testa.

«Vi ci porto» affermò non appena Rastaban mollò la presa.

Ebbe il tempo di recuperare le energie, tanto da bastargli per sorreggersi in piedi. Il capitano lo afferrò per un braccio.

«Vi seguo, e non fate brutti scherzi».

S'incamminarono diretti alla tavola riservata alla celebrazione della messa. Svoltarono alla loro sinistra, percorrendo un corto corridoio per poi fermarsi alla fine.

Di fronte a loro, una porta rossa.

«Attendete qui» sussurrò il sottoposto arrendendosi completamente.

Rastaban fece cenno di procedere.

Dopo un respiro profondo il giovane sparì dietro la porta scarlatta.

«Non ho tempo» disse Rastaban prima che la porta si chiudesse completamente e aprì la porta con violenza.

Il primo a rendersi conto della situazione fu proprio l'abate.

«Voi qui?» Gerardo si alzò dalla sedia per intervenire, incurante dei presenti. Gli astanti restarono come pietrificati e osservarono la scena senza reazioni avventate. Il priore fu prelevato di peso, senza troppi complimenti fu zittito prima ancora di aprir bocca.

«Mi dovete delle spiegazioni!» Inveì contro di lui il capitano.

La cattedrale era vuota, le urla avevano spaventato i fedeli, rendendo quel luogo un deserto.

«È inammissibile trattare in questo modo un servo di Dio».

«Mi nascondete delle informazioni». Lo zittì il norvegese. «Notizie che ho saputo tramite terzi».

«Non vi ho mai nascosto nulla, vi ho sempre appoggiato nelle ricerche».

«Non parlo delle ricerche, ma di Smilzo e del fatto che vi siate confidati con Arcaloro alle mie spalle». Puntò il dito accusandolo. «Voi sapete più di quello che mi avete detto».

Si accomodarono in una panca, Gerardo osservava il grande crocefisso centrale, dietro l'altare.

L'abate non trovò pace nella preghiera, sospirò, prima di spifferare tutto.

«Di Smilzo ho appreso la notizia giorni addietro» affermò dopo aver raccontato quello che aveva nascosto al norvegese.

Rastaban si alzò dopo aver appreso le informazioni che cercava.

«Adesso capisco, tutti quegli incontri fortuiti. Al castello, al monastero, controllavate i progressi».

«Abbiate pietà di queste terre» chiese l'abate vedendolo in piedi. «Senza quell'oro la città non potrà essere ricostruita».

«Portatemi da Smilzo. Voglio salutarlo per l'ultima volta».

Capitolo 104

«Così Brando vi ha detto tutto» riprese il discorso Gerardo.

Percorrevano le vie della città, in direzione della casa dal tetto rosso, dove il corpo di Smilzo era ancora coperto dal velo sacro.

«Così pare, ma non mi fido» rispose il norvegese.

«Credete in Arcaloro» affermò Gerardo «tutto sommato è un brav'uomo, solo superstizioso e intimorito da quello che accade attorno a lui. Si è salvato dal terremoto solo grazie a una fattucchiera di sua conoscenza». Si erano addentrati nella boscaglia, dove il freddo era più intenso, ma niente a che vedere col gelo avvertito sull'Etna.

«Ha a cuore questa città e i suoi abitanti, cominciò a credere in voi dopo aver appreso della notizia che vi foste salvato dai sotterranei. Per lui è stato un segno positivo».

«Ha messo in pericolo anche la vostra vita, perché?»

«Questo è un punto che ancora non mi è chiaro. Finito con questa storia, chiederò delucidazioni anche su questo».

Il capitano staccò un frutto, non ne aveva mai visto uno così piccolo.

«Perché avete occultato queste informazioni?» Volle sapere mentre addentava la mela.

Il sapore gli parve delizioso.

«Mi dispiace, non volevo che tutto ciò interferisse in modo negativo con le ricerche. Ve l'avrei detto in un altro momento. Il povero Smilzo era ridotto malissimo, le ferite erano troppo gravi, è morto dopo giorni di agonia». Sospirò.

Oltrepassarono la grande quercia.

Al pensiero di Smilzo, a Rastaban passò la voglia di frutta. Gettò tra i cespugli quel che rimase della mela che gli era sembrata deliziosa.

«Come avete fatto a scoprire dove si trovasse?»

La costruzione dal tetto rosso s'intravedeva tra gli alberi.

«Questo lo dovrete chiedere a "*lei*"».

«"*Lei*"?» Domandò perplesso il capitano.

«All'inizio pensai che fosse vostro nonno, si è presentata completamente avvolta da un mantello. Voleva informarmi dei fatti».

Erano in prossimità del casolare.

«Mi mostrò l'anello ingannandomi, pure Arcaloro mi mise in guardia».

 «Poi, con un'accurata indagine, ho scoperto la verità».

Il religioso bussò tre volte. La porta si aprì, mostrando un volto di donna.

«Eccellenza...» Esordì lei, confusa nel vederlo in compagnia di un'altra persona.

L'abate non perse tempo, entrò seguito dal capitano.

«Lei è qui?» Chiese.

La donna fece un cenno negativo: «È uscita, senza dire nulla».

«Portatemi da Smilzo» ordinò «costui è venuto a dargli l'ultimo saluto».

Rastaban fece un cenno di saluto. Aveva il volto deformato dal dispiacere. Non riusciva ad accertare la scomparsa di Smilzo, compare di mille avventure.

La donna osservò prima l'abate e poi l'uomo accanto a lui.

«Eminenza, c'è una cosa che devo dirvi prima di…».

«Seguitemi». Disse l'abate senza molti convenevoli.

Si accostarono a una piccola porta.

«Entrate pure».

Rastaban entrò.

L' abate richiuse la porta a testa bassa, lasciando il capitano solo col cadavere di Smilzo.

La stanza era poco illuminata.

«Eccellenza» la donna richiamò di nuovo l'attenzione «devo parlarvi».

«Non ora».

Il norvegese si avvicinò al corpo di Smilzo, ancora coperto dal velo santo.

«Mi dispiace» sussurrò «è stata solo colpa mia, se sei morto. Non dovevo…» deglutì «…non dovevo seguire le orme di Corvonero, non per forza». Si asciugò le lacrime, «e adesso tu non ci sei più». Sfiorò la sagoma dell'amico.

«Gerardo» insistette la donna «c'è una cosa che non sapete».

«Non adesso! Rispettate almeno un po' il dolore della gente. Sapete riuscirci?».

Il velo, che copriva il corpo di Smilzo, si sgonfiò lasciando il vuoto sotto di sé.

«Ditemi pure» si pentì dopo l'abate.

Il corpo del nano era sparito.

Rastaban uscì dalla stanza, pieno di collera per il tiro mancino subito.

«Che razza di scherzo è questo!» Inveì contro la donna. «Dov'è il corpo del mio amico?»

L'abate lo bloccò, mettendosi tra lui e la donna.

«Calmatevi amico mio, il corpo di Smilzo è stato spostato».

«Gerardo prima non mi ha dato il tempo di spiegare» confidò la donna impaurita.

«Le preghiere fatte sono state esaudite, il velo della santa ha fatto l'ennesimo miracolo». Continuò l'abate. «Ho appreso la notizia solo adesso».

«Di cosa state parlando? Spiegatevi meglio». Il capitano non riusciva a comprendere il discorso dei due.

La donna fece cenno di seguirla.

«Venite, lui è vivo».

Passarono per un salone, fermandosi davanti a un'altra stanza, anche questa poco illuminata.

Una sagoma giaceva su di una branda, protetta da delle calde coperte.

«Smilzo!» Il capitano non ebbe risposta. «... Amico».

Si avvicinò con cautela.

La risposta fu solo un respiro, corto e affannato. Rastaban sfiorò il dorso del piccolo uomo, ascoltava il flebile respiro.

Il nano boccheggiava sempre più, pareva soffocare. Il capitano trasalì per la paura, non riusciva a suscitare nessuna reazione. Era bloccato dal panico.

Il nano aprì bocca.

«*Noli… Patria… Iniuriarum…*»

«*"Noli offendere patria Agathae quia ultrix iniuriarum est"*». Finì la frase il capitano. «Come fai a sapere?»

Ma il nano non rispose, aveva perso i sensi.

«È ancora troppo debole». La voce dell'abate si fece sentire oltre la soglia.

«Venite, lasciamolo riposare».

«Come fa a sapere?» Ripeteva il norvegese. «È impossibile!»

«Il "*delirio*" ha avuto inizio con il risveglio del vulcano». Li informò chi se ne stava prendendo cura.

«Tornate tra qualche giorno, vedrete che starà meglio».

Capitolo 105

«Quello che ho sentito non può essere un delirio…» ripeteva il norvegese sulla via del ritorno. «Impossibile».

«Che cosa avete udito precisamente?» Volle sapere Gerardo.

«*"Noli offendere patria Agathae quia ultrix iniuriarum est"*» ripeté il capitano.

«Non è un delirio, è latino, significa letteralmente: *"Non offendere il paese di Agata, perché è vendicatrice di ogni ingiustizia"*» affermò l'abate.

«È anche l'ultimo indizio che abbiamo ritrovato, dentro il sarcofago di *Tifeo* il drago».

«Un drago?» Gerardo non credeva a quello che avevano udito le sue orecchie. Sapeva che erano solo storie mitico-leggendarie, i racconti sui rettili alati.

«Il gigante *"Tifeo"*? Imprigionato da Zeus in persona, sotto il vulcano?».

«Proprio lui» affermò il capitano «abbiamo seguito il simbolo che lo rappresentava, un uomo che sorregge l'intera isola. Imboccando una galleria inesplorata, Zala ha recuperato una pergamena un attimo prima che la lava inghiottisse completamente tutto».

«È un miracolo che siamo usciti sani e salvi da lì».

L'abate immaginava l'accaduto, come se fosse stato presente. "Vedeva" la lava, il sarcofago, il caldo intenso e tutto il resto.

Rabbrividì.

«È così, la profezia si sta adempiendo, il prescelto è riuscito a scoprire il segreto protetto da Tifeo. Avete ancora dei dubbi, sul fatto che quel prescelto siate voi?»

Rastaban non rispose. Sperava di aggirare le affermazioni del religioso, sottoponendolo ad altre domande.

«Sapete darmi una spiegazione a queste parole?» Domandò interrompendo i pensieri di Gerardo.

«Non l'avete ancora capito? Agata si vendica delle ingiustizie. I terremoti, le eruzioni vulcaniche, sono le cause di chi ha provato a impadronirsi di Catania e dei suoi beni senza averne il diritto».

«State dicendo che morirò invano, nella ricerca di un tesoro che non vedrò mai?»

«Non esattamente.» Lo corresse Gerardo. «In voi non scorre lo stesso sangue di Quinziano, Gerone e Federico II. In voi scorre sangue ben più nobile».

«Tutto questo non ha senso. Perché mai distruggere una città, e non agire sui singoli?».

«*Mente santa, spontaneo onore a Dio e liberazione della patria*» disse l'abate.

«Un altro enigma, sono stufo degli indovinelli». Il capitano era stizzito.

«Memorizzate bene queste parole, vi salveranno dai peccati, credete e abbiate fede».

Capitolo 106

«Rastaban ha trovato l'ultimo indizio» commentava il maestro.

«È il momento di agire.» Thuban osservava la pioggia scivolare sui vetri della finestra, annoiato. Gli avevano tolto il divertimento, da quando il nano era scomparso.

«È giunta l'ora di riprenderci quello che ci appartiene». L'anziano uomo si era alzato dalla seggiola. «Non perderlo di vista, fino a quando non l'avrà per le mani. Manca solo la *"chiave"*».

«La *"chiave"*» ricordò Thuban «quel giorno Corvo non l'aveva con sé».

«Verrà a galla pure quella» il vecchio si era avvicinato a Thuban.

«Adesso va, e rendi onore al nostro patto» furono le parole del maestro.

Capitolo 107

Due giorni più tardi.

Erano passate da poco le undici, dentro la chiesa madre di Catania la messa stava quasi per concludersi. Era gremita di fedeli, e non solo.

«Non offendere il paese di Agata, perché è vendicatrice di ogni ingiustizia».

Rastaban provava a dare un significato all'ultimo indizio, era logico che si riferisse alla santa, ma non sapeva a cosa in particolare.

«Non riesco a capirne il senso». Osservava l'interno della cattedrale in cerca di un'illuminazione.

«Forse una prova di fede?» Provò a suggerire la donna.

Gli arabi si erano ricongiunti col loro capitano, apprendendo gli ultimi avvenimenti.

«Sembra così» le dette ragione il norvegese «il luogo della prova è senza dubbio questo, manca solo la posizione».

Gli affreschi si mostravano uno dopo l'altro, le raffigurazioni religiose, seppur danneggiate, mantenevano il loro splendore, ma non davano nessun suggerimento utile. Arrivarono a dare conclusioni a caso, anche quelle più illogiche. Lo stesso Zala era sempre più confuso e dubbioso:

«Forse manca qualcosa o abbiamo saltato un passaggio».

Gli affreschi lasciarono spazio alle sculture: statue di beati in posa di supplica verso il loro Dio, o prossimi a eliminare il male, come quella di san Giorgio.

«*Mentem sanctam, spontaneam honorem Deo et patriae liberatio-nen*».

Era la voce di Smilzo, che si reggeva a malapena in piedi, accompagnato dalla donna che si era preso cura di lui fino ad allora.

«Smilzo!» Gli arabi non credettero ai propri occhi.

Il nano fu raggiunto dal suo più caro amico, che lo abbracciò vivamente.

«*Mentem sanctam, spontaneam honorem Deo et patriae liberatio-nen*».

Ripeteva come un disco incantato, fissando negli occhi il norvegese.

«Si è risvegliato in questo stato» dichiarò la donna affiancata da una figura incappucciata.

«Ha insistito per vedervi» disse rivolgendosi al capitano «pensavo fosse importante».

La figura misteriosa portava l'anello, mettendolo in mostra impudentemente, ma dando la sensazione di esserne consapevole. Rastaban ammirò l'emblema, non aveva dubbi, era l'anello appartenuto a suo nonno.

«*Mentem sanctam, spontaneam honorem Deo et patriae liberatio-nen*».

Ripetuta la frase per l'ennesima volta, il piccolo uomo svenne tra le braccia del suo capitano.

Finita la messa, parte dei fedeli si diresse all'uscita, dopo aver ricevuto la grazia divina, altri si ammassarono attorno a loro incuriositi dai deliri del nano.

Un solo uomo era rimasto a pregare in ginocchio, impassibile davanti alla grande croce centrale.

«Mente santa, spontaneo onore a Dio e liberazione della patria. Ancora quell'enigma» mormorò.

«Come può Smilzo sapere queste cose?» Si chiedeva ragionando a voce alta. «Come ha avuto modo di apprenderle, stando sotto torture?»

«Questa sembra più semplice» lo interruppe Zala «è chiaro che si parla della lode verso Dio».

«Un atto di redenzione» aggiunse la sorella «evitando l'eterna dannazione».

Un applauso beffardo echeggiò in tutta la chiesa.

«Complimenti a tutti voi».

Era l'individuo che poco prima pregava alla base della grande croce.

«Avete risolto tutti gli indovinelli!» Il volto e l'intero corpo erano celati sotto un manto. Erano visibili solo gli arti superiori, ricoperti da orrende ferite.

«Adesso, se non vi dispiace, prendo quello che mi appartiene».

«Thuban!» Urlò incurante il capitano. «Che tu sia…»

«Attento *fratello*", non vorrai mica peccare nella casa del Signore, e subire la vendetta divina».

«Fratello!?» I presenti rimasero di sasso, sentendo quella parola.

«Non hai detto loro la verità? Che in noi scorre lo stesso sangue?» Thuban si avvicinò.

Percependo un senso di pericolo collettivo, altri fedeli abbandonarono la struttura.

«Non ho mai avuto un fratello» replicò il capitano «è morto, annegando nella sua stessa invidia».

«Invidia? Io la chiamerei infamia nei miei confronti». Si fermò a un palmo dal naso di Rastaban. «Non sai quel che ho dovuto passare per colpa tua e di Corvo. Ma adesso che tutti gli enigmi sono stati risolti e la "*chiave*" è in mia presenza, sarà più facile». Osservò Thuban. Poi, soddisfatto, aggiunse:

«Quanto tempo ho atteso questo momento».

Lo affiancò, per passargli alle spalle.

«Adesso fatti da parte, ho un tesoro da reclamare».

Rastaban lo bloccò per la spalla.

«Dovrai passare sul mio cadavere».

Il fratello si arrestò, senza fare troppa resistenza.

«Sei proprio testardo, com'era il vecchio. Se questo è quello che desideri, lo farò. Passerò sul tuo cadavere e di quelli che intralceranno il mio cammino». Provò a liberarsi.

Il capitano strinse ancora di più.

«Solo noi due, e nessun altro» dichiarò.

Passò un intervallo indefinito, prima di avere una risposta dal fratello. Sperava che accettasse la sfida, e risolvere la questione definitivamente.

«Se mi batti, avrai il tesoro, e la tua vendetta sarà compiuta». Aggiunse.

Atri interminabili secondi passarono, prima che Thuban si girasse per ritrovarsi a faccia a faccia col fratello.

«Non aspettavo che questo giorno» fu la sua risposta «solo noi due».

«Fuori da questo luogo sacro». Intimò il capitano.

Capitolo 108

I due fratelli rivali attraversarono la navata centrale, consapevoli che solo uno sarebbe uscito vivo da quello scontro, nessuno sapeva chi di loro sarebbe stato il vincitore, se il più saggio, cresciuto sotto l'ala protettrice di uno dei *"custodi"*, o la forza dell'invidia, alimentata a dismisura da un crudele desiderio di vendetta.

Le urla della donna che si era presa cura di Smilzo fino a quel momento, richiamarono l'attenzione del capitano. I suoi compagni erano stati accerchiati, quelli che prima erano dei semplici curiosi, adesso avevano preso in ostaggio Krystel, Zala, Smilzo e il portatore dell'anello. Quest'ultimo fu costretto a consegnare l'oggetto.

«Che tu sia maledetto, Thuban!» Rastaban si fece prendere dalla rabbia, afferrando il fratello per il bavero.

«È solo una precauzione» rispose impassibile lui «non vorrei che i tuoi amici approfittassero della nostra assenza».

Appena usciti sul sagrato, uno dei tirapiedi di Thuban serrò l'ingresso principale e quelli secondari.

«Da dove cominciamo?» Uno di loro accarezzava il viso della giovane donna.

«Lasciala stare bastardo!»

Zala si dimenava nell'intento di liberarsi, si sarebbe scagliato contro i suoi aggressori come una tigre, se solo ne avesse avuto la possibilità.

Uno schiaffo percorse il viso dell'arabo.

«Ho cambiato idea». Dichiarò l'uomo estraendo la sua lama.

«Comincerò da te».

Capitolo 109

L'espressione nel volto dei due, svelava tutto lo sforzo accumulatosi dandosi la caccia a vicenda.

Quella del capitano era piena di risentimento, aveva passato gran parte della vita con solo un unico scopo: sfuggire alle insidie che il fratello gli riservava durante il suo cammino.

Thuban lo fissava quasi con ironia, aveva passato gli anni a spiare lui e Corvonero, che avevano un rapporto privilegiato.

Dapprima, in lui crebbe un sentimento tomentoso, provocato dal sospetto di perdere suo fratello, poi la gelosia divenne invidia, dopo aver scoperto che suo nonno stava istruendo il fratello con le informazioni che i *"custodi"* riservavano ai propri eletti.

Erano preziose informazioni riguardo a un favoloso tesoro e la sua importanza per chi aveva imparato ad amare la terra che lo custodiva.

"Un giorno l'eletto arriverà e porrà fine alle sciagure che ricoprono la città. Così la fenice potrà rinascere dalle sue ceneri, libera". Diceva Corvonero.

Fu più avanti, dopo aver appreso altre notizie, che capì che *"l'eletto"* era suo fratello.

L'astio che provava nei loro confronti si tramutò in malvagità.

«Sembra che siamo arrivati alla resa dei conti, fratellino» sorrise Thuban.

«Che tu sia maledetto! Hai reso la mia vita un inferno, perseguitandomi, quasi ammazzandomi più volte e torturando la gente che mi stava vicino. Oggi porrò fine a tutto questo».

«A proposito di torture» lo interruppe il fratello «mi chiedo da giorni come abbia fatto a sopravvivere quel bastardino di un nano».

Il silenzio fu l'unica risposta.

I due girarono in cerchio, attendevano l'uno la prima mossa dell'altro. Thuban, ancora col volto coperto, non distoglieva lo sguardo da Rastaban. Attendeva una risposta, che finalmente arrivò.

«È stato un miracolo!» Si sentì rispondere.

Il capitano cominciava a crederci seriamente. Anche se non l'aveva confessato a nessuno, da quando erano sbarcati in quelle terre, alcuni avvenimenti più i racconti dell'abate, gli avevano aperto gli occhi a un mondo nuovo, un mondo spirituale, ancora da scoprire.

«Non crederai mica a queste sciocchezze? I miracoli non esistono».

«Ho visto e creduto».

Il rivale scoppiò in una grassa risata, con solo l'intento di schermirlo.

«Sei diventato una femminuccia? Sappi che ti hanno fatto il lavaggio del cervello» la risata si placò «non esiste nessun miracolo, nessuna divinità. Tutto quello che ti hanno detto, è stato solo per raggiungere i loro scopi».

Continuavano a girare in cerchio, non perdendosi di vista.

«Unisciti a me» disse «faremo la vita che abbiamo sempre sognato».

La replica di Rastaban fu secca e sbrigativa: «Non mi unirò a nessuno. Voglio solo arrivare alla fine di questa storia».

«La fine?» Il fratello impugnò l'elsa della sua spada. «Questa sarà la tua fine».

Sguainò la lama: «Preparati a incontrare Corvonero all'inferno».

Capitolo 110

Zala, immobilizzato da due tirapiedi di Thuban, fu pestato a sangue da un terzo. Calci e pugni ben presto gli crearono ematomi e rivoli di sangue su tutto il corpo.

La sorella guardava inerme la scena, anche lei immobilizzata. Poteva solo implorare la fine delle percosse. Gerardo era paralizzato per la paura, con lo sguardo a fissare il vuoto. Smilzo, disteso e ancora incosciente, stava accanto a lui. L'incappucciato, che aveva rinunciato per forza maggiore al suo anello, cominciò ad avere degli strani "*tic*" alla mano. Le dita si muovevano come impazzite. Le chiudeva e riapriva in modo irregolare, principalmente l'indice.

Krystel non poté far a meno di osservare quelle contrazioni nervose. Ogni tre secondi il ciclo si ripeteva.

Indice su, indice giù, sinistra e destra.

L'incappucciato adesso osservava lei.

Tre secondi, e il "*tic*" si ripeté, facendo impazzire questa volta i bulbi oculari. Guardava su, giù, a sinistra e a destra. Il "*tic*" era passato agli occhi con la stessa regolarità.

"Non è un difetto nervoso". Pensò la donna "sta cercando di comunicare".

Cominciò a seguire una linea immaginaria, datagli in qualche modo dal misterioso individuo, osservando dove indicassero i suoi occhi: su, giù, sinistra e destra.

Arazzi, statue, affreschi e pavimento.

Cercò di capire, ma quelle "linee" non portarono da nessuna parte.

Era proprio un difetto nervoso, quello che affliggeva l'incappucciato.

Zala sputò sangue, aveva visto anche lui quei movimenti irregolari, percependone il significato.

«"*Katazalein*"» farfugliò, prima che un pugno in pieno viso lo mandasse "*ko*".

Capitolo 111

Incrociando la lama del fratello, Rastaban parò il colpo. Thuban aveva agito con l'intento di uccidere.

«Sei diventato bravo» affermò vedendosi parare l'attacco.

Il capitano tacque.

I due fratelli pressavano sulle lame, l'una contro l'altra, fornendo prova di forza.

«Ti ucciderò, proprio come ho fatto con il vecchio».

Ancora una volta, non ci fu risposta.

Rastaban sapeva che era solo una mossa per renderlo nervoso. Spinse con tutte le sue forze, liberandosi da quello stallo.

Thuban quasi perse l'equilibrio.

«Bravo fratellino» si congratulò recuperando in fretta «ma non basta questo, per fermarmi».

Cominciò a passare la spada dalla mano destra alla sinistra, cercando di confondere l'avversario.

«Ho passato gli ultimi anni a cercare l'assassino di Corvonero» rivelò il capitano «ho avuto il sospetto che tu fossi implicato nella questione, ma non che saresti stato in grado di fare una cosa simile. O almeno, non volli crederci fino in fondo».

Rastaban attaccò con un fendente, provando a sorprendere l'avversario. Quest'ultimo schivò l'aggressione con un salto all'indietro. Il capitano ne approfittò, eseguendo un attacco di punta. Con un balzo, provocò un taglio al fianco del rivale. Thuban si accasciò, premendosi la ferita, un taglio superficiale, ma doloroso.

«Bel colpo! Io non avrei saputo far di meglio».

Osservò il fratello dritto negli occhi: «Prova tu, a schivare questo».

Si avventò contro il norvegese con l'intento di infilzarlo come uno spiedino. Rastaban era pronto a riceverlo. All'ultimo momento, prima del contatto, Thuban cambiò per l'ennesima volta posizione alla sua spada. Arrivò a impattare volutamente con Rastaban, bloccandolo e passandogli di fianco, senza avere conseguenze, per poi finirgli alle spalle e mettergli la lama in gola.

Il capitano reagì tempestivamente, dando una testata all'indietro, prima d'esser sgozzato. Thuban fu centrato in pieno volto, del sangue gli colò dal naso.

«Perché vuoi il tesoro?» Chiese ricomponendosi.

Il fratello recuperò le forze.

«Giacché stai per morire, tanto vale che te lo dica». Si tappò le narici per ridurre la perdita di sangue.

«Io e il *"maestro"* abbiamo fatto un patto».

Aggredì con un'imbroccata, cogliendo impreparato Rastaban. Una lieve lacerazione apparve sulla guancia del capitano.

«Avrei consegnato il tesoro, in cambio della mia vendetta su di te». Sorrise.

Il capitano fece una smorfia di dolore.

«Chi è il "maestro", perché vuole tanto quell'oro?» Chiese asciugandosi il sangue.

Thuban non diede peso a quella domanda, ritornando all'attacco con una stoccata. Questa volta, il norvegese non si fece sorprendere, difendendosi con un *mezzotempo*.

«Rispondimi!» Insisteva.

Il fratello fece una smorfia di delusione.

«Possibile che il vecchio non te l'abbia detto?»

«Dirmi cosa?» Rastaban provò a confonderlo con una finta composta, senza aver successo.

«Che non era il solo a proteggere il tesoro» replicò Thuban.

«Corvonero aveva un complice».

Capitolo 112

"*Katazalein*", ripeteva dentro di sé la donna.

Osservando l'incappucciato, che ripeteva quelle azioni senza sosta, ebbe una visione. Lei ancora adolescente, che si esercitava nelle arti della lotta corpo a corpo.

"*Ricorda*", le ripeteva il suo mentore "*quando uno, o più avversari t'immobilizzano, usa l'arte di gettare a terra. Katazalein*".

Richiamò l'attenzione del misterioso individuo, facendogli un segno d'intesa, che contraccambiò con un sorriso. Simultaneamente, i due eseguirono quell'arte.

Dando una testata e un pestone, gomitate a destra e a manca ai nemici, entrambi si liberarono con agevolezza. I tirapiedi di Thuban mollarono la presa, sorpresi per quella reazione. Provarono a ricomporsi, ma non ebbero scampo con le mosse successive.

Furono aggrediti, senza avere il tempo per reagire. Gli altri lasciarono cadere Zala, andando in soccorso dei loro compari.

Krystel prese un candelabro, e cominciò ad agitarlo contro il primo che le si avvicinò. Un'ottima opzione ai coltelli sottratti in precedenza. L'individuo misterioso seguì l'esempio.

Percossi fino allo svenimento, gli aggressori si dovettero arrendere.

La donna andò immediatamente in soccorso del fratello, divenuto una maschera di sangue per le percosse subite. Era svenuto.

L'incappucciato aveva recuperato il suo anello.

«Dobbiamo aiutare il capitano» disse osservando da una finestra troppo stretta quello che accadeva fuori.

Capitolo 113

«Chi è il complice? Rispondi», insisteva Rastaban.

In quel giorno di metà inverno, il popolo di Agata aveva abbandonato la zona nella quale si teneva il duello.

Tra i due fratelli si creò l'ennesimo stallo. Attorno a loro regnava solo il silenzio. Il capitano aveva lo sguardo infuocato. Attendeva da molto tempo e pretendeva delle risposte.

Thuban percepiva i suoi pensieri.

«Vedete quello che vedo io?» Chiese l'arabo ripresosi.

Osservava i due fratelli.

I presenti rimasero a bocca aperta, nessuno credeva ai propri occhi.

Thuban, un uomo alto circa due metri, di corporatura enorme, dai capelli castani talmente lunghi da sembrare un tutt'uno con la barba affrontava Rastaban, ed era come se ciascuno di loro si guardasse allo specchio.

«Gemelli!» Esclamò l'abate. «Due gocce d'acqua».

«Non lo saprai mai».

Thuban aveva attaccato il fratello alle gambe. La lama gli aveva reciso il polpaccio, costringendolo a inginocchiarsi.

«Preparati a morire».

Il rivale attaccò, pronto a trapassargli il torace con la lama.

Il capitano reagì, rotolando sul suolo mandò a vuoto l'attacco e con uno sgambetto fece cadere il rivale.

Nel cadere Thuban perse la presa della sua spada. Rastaban lo raggiunse, cominciò a picchiarlo a mani nude.

«Dimmi!» Ripeteva. «Chi è il complice di nostro nonno. Chi è il bastardo che l'ha tradito!».

Thuban reagì, con un colpo di reni spinse il fratello. Il capitano dovette assecondare quell'azione, la ferita alla gamba gli impediva di fare altro. Il suo gemello ne approfittò per ribaltare la situazione a proprio vantaggio.

Un calcio allo stomaco gli fece perdere il respiro. Thuban cominciò a infierire sulla gamba ferita, calpestandola più volte.

Il norvegese si era rifugiato sotto un cornicione. Inerme e disarmato, attendeva solo il colpo finale.

Zala, Krystel, l'abate e l'individuo misterioso guardavano impotenti la scena. Per il norvegese sembrava giunta l'ultima ora.

Calci e pugni percuotevano il corpo del capitano senza sosta. Rastaban si difese come poté. Thuban gli schiacciò il torace, guardandolo in viso: il volto di Rabastan era ormai una maschera di sangue.

«Ti piace il dolore?»

La domanda non ricevette risposta.

Thuban si abbassò sussurrando all'orecchio del fratello: «A me sì. Vedere il dolore della gente mi dà gioia».

Rastaban si oppose alla pressione, conficcandogli uno spillone sul piede. L'urlo di dolore risuonò in tutta la piazza. Thuban indietreggiò zoppicando, maledicendo per l'ennesima volta la città con tutti i suoi abitanti.

Il capitano tentò ancora di reagire rialzandosi.

«Questo maledetto affare non si sposta di un millimetro...» Il sottoposto dell'abate inveiva contro la porta.

All'interno, Zala e gli altri non poterono far altro che incitare il loro capitano.

«Chi è il *"maestro"?»* Stordito dalle botte ricevute, la voce di Rastaban era ormai un esile filo di fiato.

«Dimmi il suo nome».

Capitolo 114

«Dobbiamo fare qualcosa» l'enigmatico personaggio provò a spronare gli altri.

«Non possiamo far nulla». Gerardo era consapevole del fatto che nessuno potesse aiutare il norvegese. «La chiesa è circondata dalle impalcature, l'unico ingresso è bloccato. Possiamo solo pregare per lui».

«Noli offendere patria Agathae quia ultrix iniuriarum est» …

I deliri di Smilzo ricominciarono.

«Va tutto bene» sussurrava la donna accanto a lui «tranquillo».

Ma il nano non si zittì.

«Noli offendere» … Ripeteva senza sosta.

«Abbandoniamo questo schifo di città» ripeté per l'ennesima volta, «non vedi che ci ha messi contro? Abbandoniamoli al loro destino. Che credano in quello che vogliono. Sono solo dei poveracci».

«… *Patria Agathae…*» Il nano si agitava sempre più.

Rastaban si avvicinò: «Non meritano di essere abbandonati, il nonno non l'avrebbe mai fatto».

«Quel pazzo! Non ha saputo sfruttare l'occasione di diventare ricco, per questo suo fratello l'ha tradito».

«Suo fratello? Non ti credo, sei solo un bugiardo. Si fidava di lui».

«La gente cambia, era stanco di sentir parlare di donazioni e fede, voleva tenersi tutto l'oro per sé. Ma Corvo si rifiutò, e così si crearono delle avversità tra i due».

«E tu non hai perso l'occasione per allearti con lui» aggiunse Rastaban.

Thuban si ribellò al fratello. Con un calcio lo spinse contro la parete.

«Ci siamo accordati per farti avere la mappa, per poi manipolarti a piacere nostro. È stato facile attirare la tua curiosità, sapevamo che avresti riconosciuto la calligrafia». Un sorriso beffardo si disegnò sul volto di Thuban.

«Posso dire che, hai svolto il tuo lavoro egregiamente».

«...*Quia ultrix...*» Smilzo ebbe le convulsioni.

Il capitano si ritrovò seduto spalle al muro, con le forze prosciugate. Non credeva a tutto ciò che Thuban gli aveva rivelato, né pensava di poter essere stato condizionato fin dall'inizio.

«Cornelius!» Ricordò.

«Proprio lui, il mercante» confermò il fratello.

«È bastato un po' di trucco, per renderlo irriconoscibile».

«Maledetti! Non potete prendere l'oro, appartiene a Catania e alla sua patrona. Serve per la ricostruzione».

Thuban ignorò le parole del fratello. «Non esiste nessuna santa». Recuperò la spada. «Solo il tesoro è reale».

Si avvicinò per sferrare il colpo mortale.

«Preparati a morire, "*Asuia*"».

Rastaban osservò inerme per l'ultima volta il viso di suo fratello, pronto per il trapasso.

Thuban alzò la lama con la punta verso il basso, pronto a trapassare il cuore di Rastaban.

Il sapore del sangue fu l'ultima cosa che sentì.

«... *Iniuriarum est...*» Smilzo riaprì gli occhi, recitando le ultime parole come se fossero parole magiche.

Calò il silenzio, seguito da una forte scossa di terremoto.

La città intera oscillò, provocando una pioggia di calcinacci ovunque, creando il panico per le vie.

Passato il pericolo, il norvegese riaprì gli occhi; vide il fratello che, spada alla mano, barcollava.

Un rivolo di sangue colava dalla testa di Thuban: dei pezzi di cornicione l'avevano colpito in pieno. Rastaban lo vide cadere all'indietro, gli si avvicinò per sincerarsi del suo stato: era morto.

Il cornicione che aveva fracassato la testa di Thuban riportava la sigla: "*N.O.P.A.Q.V.I.E.*".

Capitolo 115

Zala fu il primo ad andare in soccorso del capitano, seguito e poi superato con lunghe falcate dall'individuo misterioso. Durante il terremoto parte dell'impalcatura era crollata.

«Rastaban!» Il tizio sollevò il capo del norvegese: «State bene?»

«Sto bene». Rispose guardando il viso del suo soccorritore, «ma non sento più la gamba destra».

Gli occhi dei presenti si posarono tutti sul personaggio misterioso inginocchiato a fianco al norvegese. Durante la corsa aveva perso la protezione del cappuccio rivelandone il suo volto. Aveva capelli rossi e ondulati, che cadevano sulle spalle, occhi verdi, viso angelico, con delle macchie bruno-giallastre qua e là. Era una donna mingherlina, appena ventenne.

«Lei è Mira». Rastaban rispose alle espressioni sorprese dei presenti. La gamba gli faceva un male cane, tanto da costringerlo a zoppicare.

«Mia figlia» aggiunse sostenendosi a lei.

L'espressione dei compagni passò da uno sguardo interrogativo, allo stupore puro.

L'individuo che spesso avevano visto gironzolare tra le vie della città non era un semplice curioso, ma un complice del loro capitano.

«Perché l'avete nascosta per tutto questo tempo?» Chiese Krystel.

«Agendo in disparte, avevo più possibilità di riuscire nelle ricerche. Spiando le mosse del nemico, sono riuscita a scoprire dov'era rinchiuso Smilzo».

«È grazie anche a lei, che è ancora vivo». Aggiunse Rastaban.

«È grazie a me, se non sei caduto in mare durante la tempesta» aggiunse lei. «Se non ti avessi annodato la cima alla caviglia, appena in tempo, avresti sfamato una famiglia intera di squali» disse sorridendogli.

«Anche farmi credere del ritorno di Corvonero, è stato parte del loro piano» affermò Gerardo «ingannando me, e soprattutto il nemico».

«Le è bastato modificare un po' la voce, per trarvi in inganno» rispose il norvegese.

«Perdonatemi per avervi imbrogliato in quel modo» s'inchinò la giovane «so che era un vostro caro amico, ma bisognava far credere che Corvo fosse tornato dall'aldilà».

«L'anello è la *"chiave"*, l'ultimo ostacolo tra noi e il tesoro. Mio nonno lo donò a lei, consapevole che alla fine sarebbe stato tradito, così Ivar, non possedendo la chiave, si finse mercante mostrandosi al momento opportuno con la mappa in vista».

Capitolo 116

Mira si sfilò l'oggetto dal dito, porgendolo a suo padre, che lo esaminò attentamente. I presenti osservarono l'immagine con aria interrogativa. L'anello raffigurava un'immagine indefinita, era uguale al marchio stampato sulla mappa: un demone. Il norvegese ripulì i contorni sporchi di ceralacca, rivelando il vero simbolo.

L'emblema raffigurava un fiore, simbolo di nobiltà, purezza e orgoglio.

«Dobbiamo cercare una cavità» osservò il capitano, mostrando il simbolo nella sua completezza «un *"giglio"*. La parte inversa di questo».

«Sarà un'impresa trovare un oggetto così piccolo» affermò l'arabo esaminando i minimi particolari di tutto quello che gli passava davanti agli occhi.

«Non perdiamoci d'animo» replicò la sorella «vedrai che verrà fuori».

Perlustrarono ogni angolo dell'intero perimetro, le sculture, gli affreschi, gli altari, ritornando al punto di partenza. Nessuna incavatura era stata rinvenuta e Rastaban stava perdendo la fiducia.

«Abbiamo controllato ogni singolo centimetro di questo luogo, forse è andato distrutto col terremoto».

«Riproviamo» suggerì Mira rinnovando la speranza «sicuramente abbiamo saltato dei punti nascosti».

Passarono interminabili minuti, prima di ritrovarsi di nuovo al punto di partenza.

«Trovato nulla?» Volle sapere Mira.

Krystel scosse la testa: «Forse stiamo sbagliando il luogo dove cercare».

«Dov'è tuo padre?» Chiese Zala arrivato a rimorchio dietro la sorella.

Trovarono il capitano come ipnotizzato. Non riusciva a staccare gli occhi da una scultura.

«Rastaban, state bene?» L'abate gli passò la mano davanti agli occhi, cercando di destarlo da quello stato. Non ci fu nessuna reazione nello sguardo del capitano. Nessuno sapeva spiegarsi quella situazione di trance in Rastaban.

«Mentem sanctam, spontaneam honorem Deo, et patriae liberationem».

Smilzo aveva ripreso a vaneggiare. I presenti, udendo quelle parole, si rivolsero all'abate.

«Mente santa, spontaneo onore a Dio, e liberazione della patria» tradusse Gerardo senza farselo dire.

«La leggenda narra che un angelo collocò questo epitaffio nel sepolcro della martire. Fin dai tempi antichi, questa epigrafe fu tradotta con un unico significato: *"Solo una mente pura, spontanea a onorare Dio, potrà liberare la sua patria"*».

Alla fine delle spiegazioni dell'abate, Rastaban s'inginocchiò ai piedi della statua: una giovane Agata sorridente, che guardava fiera il cielo, con la tunica da diaconessa, e i piedi scalzi.

Sembrava che pregasse.

Abbracciò le caviglie della santa bambina piangendo, come a chiedere perdono per i suoi peccati. Tutti osservarono meravigliati. Nessuno, conoscendo il norvegese, avrebbe mai pensato di assistere a una scena simile.

Fu con quell'atto di prostrarsi, che il capitano scoprì quello che stava cercando. Una caviglia presentava un incavo.

In preda alle visioni vi inserì l'anello, che combaciò perfettamente.

Poi attese.

Capitolo 117

Un rumore seguito da una leggera vibrazione, svuotò la mente del capitano risvegliandolo da quello stato di rapimento mentale.

La serratura aveva sbloccato l'altare maggiore, spostandolo di alcuni centimetri. Si era aperto un passaggio che si perdeva nell'oscurità.

Zala, Krystel e l'abate scesero lungo i gradini. Li seguì anche il capitano, sorretto da Mira.

L'ambiente era umido, dalle pareti spuntava della muffa verdastra.

«Sembra molto antico» affermò l'arabo.

Il soffitto era adornato da croci e gigli, le pareti erano incise da iscrizioni in latino.

Gerardo ne tradusse una a caso: «*"Dona loro, o Signore, e splenda ad essi, la luce perpetua, riposino in pace"*».

«Sono preghiere» Affermò Krystel.

«Preghiere per i defunti» aggiunse l'abate «credo che stiamo per arrivare in un luogo molto sacro». La discesa prese una piega sulla sinistra, interrompendosi di fronte a una porta con l'effigie di un giglio in oro e delle frasi in latino ai lati della pianta a completare il tutto. Ammirarono l'eleganza e la raffinatezza di quella porta, un gioiello dell'antichità.

«*"Noi devoti fidenti, veniamo a te santa patrona dei cuori: da te forza noi tutti attendiamo, quella forza che vincer ti fè"*».

«Altre preghiere». Osservò l'abate.

"La tua patria benigna proteggi dai perigli di fuoco e di mare; dai cattivi che vogliono il male la difendi col tuo poter.

Il Signore corona di gigli sul tuo capo benigno compose: in un serto di spine e di rose innocenza e martirio baciò".

«La tua patria benigna proteggi dai perigli di fuoco». Lesse Mira.

«Siamo nel posto giusto». Il capitano accarezzò la fragile porta, consumata dai tarli e dall'umidità.

Finalmente era arrivato alla fine, se pur malconcio e zoppicante. Il tesoro si trovava oltre quella soglia. Guardò i volti dei compagni che l'avevano accompagnato sin lì in quell'avventura. Le loro espressioni gli diedero fiducia per compiere l'ultimo passo.

«Grazie». Disse.

Abbozzando un sorriso aprì la porta.

Capitolo 118

Le lanterne illuminarono l'interno, una stanza completamente vuota si presentò ai loro occhi, fatta eccezione per un oggetto al centro, che brillava alla luce delle lanterne.

«È bellissima!» Mira non poté trattenere quell'esclamazione.

Il tesoro, accumulato nel tempo dai fedeli, era davanti a loro.

Completamente in argento tempestato di gioielli, un busto femminile si presentò con tutto il suo splendore.

«Finalmente!» Disse il norvegese avvicinandosi al piedistallo che lo sorreggeva.

Pietre preziose, collane di perle, anelli, croci d'oro, angeli d'argento ricoprivano l'intero busto. A lato, una pergamena. La lista dei preziosi donati da devoti illustri e non, e la loro testimonianza scritta. Il primo della lista era un certo Gabrio, che diede in dono un semplice bracciale d'argento. Il busto era stato creato e donato da Giovanni di Bartolo, nel quattordicesimo secolo. Il Re inglese, Riccardo I d'Inghilterra, di passaggio a Catania mentre era di ritorno dalle crociate, donò la corona. Papa Gregorio X donò il suo più prezioso anello. Vescovi, musicisti, regine: oltre trecento personalità avevano firmato quella pergamena.

Rastaban scorse la lista fino all'ultimo nome.

L'ultimo dell'elenco era *"Einar"*, che aveva donato una collana in oro bianco, con una croce di diamanti come pendente.

Capitolo 119 Anno del Signore 252

Era passata una settimana dalla morte della giovane martire. E Gabrio presto divenne portatore delle parole sante che Agata aveva convogliato in lui durante le sue visite.

Molta gente si convertì al Cristianesimo e a ogni difficoltà che il popolo incontrava donava parte dei suoi averi. In segno della loro fede.

Le parole di Agata presto fecero il giro del mondo. Tanti vollero donare qualcosa in suo onore. Ricchi e poveri, nobili e plebei e molti nomi illustri di passaggio per la città lasciarono quel che gli diceva il loro cuore.

La fede in Cristo aveva riempito molti cuori, grazie alla giovane martire.

Ma un'ombra malvagia si avvicinava sempre più. La voce che il tesoro della città andava accumulandosi arrivò fino agli impuri, uomini senza scrupoli disposti a tutto per impadronirsene.

Capitolo 120

Catania, quindici giorni più tardi.

L'ultima cassa fu collocata nella stiva della galea, ormai pronta per far ritorno in Norvegia. Da quando il tesoro era stato ritrovato la situazione in città si era normalizzata.

L'Etna aveva esaurito le energie, i terremoti erano cessati, soprattutto, il popolo aveva ritrovato la fiducia in sé, dando una marcia in più alla ricostruzione. Il capitano si trovava sul pontile osservando le operazioni di carico, spostandosi da poppa a prua e viceversa, con andatura claudicante. L'ultimo scontro gli era costato quasi la gamba destra e zoppicava notevolmente.

«Questa era l'ultima cassa» Gerardo era sopraggiunto dopo aver coordinato le ultime manovre di carico.

«Grazie di cuore» disse l'abate «ci avete liberato dal nostro più grande flagello, Catania non sarà più motivo di conquista da parte d'invasori scellerati». I suoi occhi brillavano pieni di fiducia.

«La vostra terra mi ha reso un uomo migliore» replicò il capitano, stringendogli la mano. «Sono io che devo ringraziare voi».

L'abate osservava i cumuli di macerie disseminate ovunque. Sarebbero passati molti anni, prima che la città tornasse al suo antico splendore.

«Perché non restate, la città ha bisogno di gente come voi» disse il religioso speranzoso.

«Il mio posto è in Norvegia». Dichiarò Rastaban. «La mia missione adesso è trovare il mandante dell'assassino di Einar e rendergli giustizia». Vide con la coda dell'occhio una figura avvicinarsi a loro.

Arcaloro Scammacca fece un inchino, prima di proferir parola.

«Vi prego di accettare le mie più sentite scuse» parlò appena si ritrovò nell'immediata vicinanza «ho avuto dei pensieri devianti sul vostro conto».

«Avevate le vostre buone ragioni». Fu la risposta del capitano.

Tra i due ci fu un segno di comprensione. Il nobiluomo, con un cenno richiamò l'attenzione del suo suddito. Questo si avvicinò, con un oggetto avvolto da un drappo.

«Per voi».

Rastaban ricevette l'involucro dalle mani di Brando che lo consegnò compiaciuto. Il norvegese non resistette nel curiosare, rimanendo a bocca aperta.

«Vorrei che accettaste in dono quest'oggetto, in segno di pace» enunciò Arcaloro tendendo una mano.

Rastaban non tardò a stringerla.

«Prendetevi cura della vostra città». Lo esortò il capitano. «Più nessuno verrà a reclamare il suo tesoro».

Capitolo 121

Il mattino seguente l'equipaggio era pronto a mollare gli ormeggi.

«Su muovetevi, pappe molli!» La voce di Smilzo risuonava per tutto il molo.

Si trovava già a bordo, pronto a tornare a casa. Ripresosi completamente dalle orrende torture subite, ma con delle cicatrici profonde sul tutto il corpo, non la smetteva di urlare.

«Non ho intenzione di aspettarvi per la colazione!» Fece cenno ai compagni di salire a bordo.

I due arabi si guardarono negli occhi, erano felici di rivedere il nano che gli aveva tenuto compagnia con la sua goffaggine. Poi Krystel prese la parola.

«Noi restiamo» disse con un filo di voce.

Sentendo quelle parole, a Smilzo cadde il mondo addosso. Si precipitò di corsa sulla terra ferma.

«Non sono scherzi da fare questi, su, salite a bordo!» Tirava i loro abiti con tutta la sua forza.

«La città ha bisogno di noi» affermò Zala «abbiamo già avvisato Rastaban, restiamo per ricostruirla. Qui ci sentiamo più a casa che in Norvegia».

Il capitano scese per dare l'ultimo saluto e per recuperare il suo amico, che cominciò a piangere.

«Non potete farmi questo, non ve lo permetterò!» Smilzo piangeva come una fontana.

«Che Dio vi benedica!» Rastaban li abbracciò entrambi. «Non so ancora come ringraziarvi».

Krystel strinse il piccolo uomo, lo guardò dritto negli occhi, per poi dirgli: «Ho bisogno che tu mi faccia un favore». La donna si abbassò per bisbigliargli all'orecchio la sua richiesta.

«Lo farò volentieri» annuì il nano asciugandosi le lacrime.

Zala sorrise.

«Ciao, imbroglione!» Smilzo avvolse le gambe dell'arabo dai capelli cinerei con le sue piccole braccia. «Mi mancherai».

«Addio nano infame, non metterti nei guai». Zala allungò una mano, consegnandogli un oggetto.

«È la tua carta truccata!» Il nano riprese a piangere. «Non devi separartene».

«Tienila tu» rispose l'arabo «a me non serve più».

Ci fu un lungo silenzio, prima che uno di loro riprendesse la parola.

«Grazie Zala». Il nano lo strinse più forte che poté.

«Jad» disse l'arabo.

«Il mio nome è Jad, non dimenticarlo» ripeté l'arabo «è stato un piacere conoscerti, Egil».

Il piccolo uomo rimase sorpreso.

«Sai il mio nome».

«Rastaban ci ha spifferato alcune cose sul tuo conto, durante la tua assenza».

Jad ricambiò il sorriso.

Il nano mollò la presa. Le campane suonarono l'ora ottava, era giunto il momento di tornare a casa. Rastaban ed Egil s'imbarcarono senza distogliere lo sguardo dai due fratelli. Mira li salutò dal ponte superiore. Il vascello prese il largo e presto divenne un puntino che svanì oltre l'orizzonte.

Jad e Krystel rimasero a guardare il confine tra cielo e mare per qualche minuto, prima d'incamminarsi verso la loro nuova vita e scoprire cosa gli riservasse la fede in Cristo.

Era il quinto giorno, del secondo mese, della fine del XVII secolo, e Catania si rimboccò le maniche per risorgere per l'ennesima volta dalle sue ceneri.

Sempre più bella.

Capitolo 122

«Che fine ha fatto tuo fratello Thuban?» Chiese il nano.

«Ha lasciato questo mondo» rispose Rastaban con un filo di voce «sepolto dai suoi stessi rancori che lo perseguitavano».

La malinconia per aver perduto il fratello strinse il suo cuore. Era pur sempre suo fratello, anche se l'aveva più perseguitato che amato, faceva parte di lui.

Il nano pensò a tutto quello che aveva passato a causa sua.

"Se era morto, di certo l'aveva meritato fino al suo ultimo respiro", pensò.

«Dov'è il tesoro?» Chiese Smilzo cambiando discorso.

Aveva messo a soqquadro l'intero vascello nel cercarlo. Il capitano sorrise senza distogliere lo sguardo dalla navigazione, ritrovando la serenità. Era felice di essere accanto al suo amico di sempre, sano e salvo.

«Non l'avrai mica dimenticato?»

Rastaban rispose con un altro sorriso.

Egil, a quel punto aveva capito.

«Non ci credo! Hai lasciato il tesoro in città».

«Non l'ho lasciato» rettificò Rastaban «l'ho donato al popolo».

«Vedo che anche a te hanno donato qualcosa» Egil si riferiva alla spada dall'elsa d'oro, che Rastaban aveva agganciato alla cintura «tu hai comunque avuto il tuo tesoro, io no».

«Il vero tesoro si trova dentro i nostri cuori». L'ennesimo sorriso gli disegnò un arco sul volto, questa volta rivolto a Egil.

Smilzo aveva capito che da quell'avventura era rinato un nuovo Rastaban e da lì a poco, molte cose sarebbero cambiate anche per lui. Cambiate in meglio. Il nano scese in sottocoperta, dove Mira era intenta a preparare il pasto serale. Il pomeriggio era tiepido e la navigazione proseguiva senza problemi in acque tranquille.

Guidata dal pirata col cappello dalla piuma nera, e l'anello simbolo di nobiltà.

Norvegia.

Una figura gironzolava nel buio, tra le vie malfamate della città. Si fermò quando fu davanti alla soglia di un edificio.

Bussò tre, poi due, e dopo altre tre volte.

Attese pochi secondi, prima che una donna si presentasse per riceverlo.

«Salve» esordì lei con un sorriso «se state cercando compagnia siete nel posto giusto».

«C'è madama Sonntag?» Chiese l'individuo.

«Sono io» affermò la donna compiaciuta. Non avrebbe mai creduto che a quell'età, un uomo potesse cercare ancora il suo corpo.

«Prego, accomodatevi pure, sarò pronta in pochi minuti» annunciò la donna.

«In verità, non sono qui per il vostro corpo».

«Ah no!?» Si risentì.

«Devo solo consegnarle questo». L'uomo mise in mostra un vassoio.

«Cos'è?» La donna si abbassò per guardare il contenuto. La figura le schiacciò il vassoio contro il volto, mantenendolo e sfregandolo il più possibile.

La donna cominciò a urlare schifata, sputando melma dalla bocca. Il vassoio conteneva una sostanza puzzolente, sterco di maiale fresco.

«Vi porto i saluti di Krystel» disse Smilzo dissolvendosi nell'oscurità.

Due mesi più tardi, madama Sonntag morì a causa di una misteriosa malattia.

Rastaban era chino sulla tomba di Einar, con lo sguardo fisso sul terreno. Metteva in ordine i fiori accanto alla lapide.

«Ho trovato il tesoro» bisbigliava «ma non il mandante del tuo assassino» sospirò «lo troverò, te lo prometto. Dovesse essere l'ultima cosa che facessi in vita. Troverò Ivar, pur di cercarlo fino all'inferno».

Epilogo

Passarono decenni, prima che la città tornasse al suo splendore, attraendo popolazioni e maestranze che misero in moto l'economia. Dopo la ricostruzione record, Catania splendeva sotto un freddo sole invernale. Costruita quasi interamente in pietra lavica, in stile tardo barocco, la città rinacque.

Con le fondamenta quasi intatte, la vecchia cattedrale normanna lasciò spazio a quella nuova.

Riedificata nel 1711, in marmo bianco di Carrara, la chiesa madre era ornata da statue e colonne. Sopra i due ingressi secondari, erano presenti degli acronimi: "*N.O.P.A.Q.V.I.E.*", e "*M.S.S.H.D.P.E.L.*".

A sinistra dell'edificio era stata edificata una statua di donna posta su un piedistallo di marmo: era un simbolo di fedeltà, indossava una corona, stringeva le sacre scritture sulla mano sinistra e teneva una grande croce con la destra.

Di fronte alla chiesa, sulla piazza centrale, era stata ricollocata dopo un accurato restauro la statua dell'elefante con l'obelisco simbolo della città.

La piazza del porto fu completata da un monumento di marmo che rappresentava un avventuriero in abiti da corsaro, con un cappello dalla lunga piuma di corvo. La sua mano sinistra impugnava, come un bastone, la spada dall'elsa d'oro, dono di un passato non troppo lontano.

Era il pomeriggio del cinque febbraio, i fuochi pirotecnici aprirono le celebrazioni sacre dedicate alla santa patrona. All'anziano abate scese una lacrima, stringeva la lista dei donatori che avevano contribuito al benessere della città.

«Tutto bene eminenza?» Si preoccupò padre Doriano.

«Tutto bene» rispose Gerardo.

I fuochi lasciarono posto a un fragoroso applauso, il popolo salutava l'uscita della loro protettrice. Un fiume di devoti oscillava dei fazzoletti bianchi al suo passaggio.

Il busto di Agata, tempestato di gioielli, fu adagiato sul fercolo in argento, pronto a essere portato in trionfo attraverso le vie della città ricostruita. Gerardo attese che il fercolo prendesse la marcia, prima di ritirarsi nei suoi alloggi. Aveva letto l'ultimo nome della lista, e non poté far a meno di pronunciarlo a bassa voce.

Era il vero nome del capitano Rastaban.

- Biografia Gaetano Antonino Stancanelli

Nato e cresciuto a Catania da genitori catanesi, apprende da subito le tecniche basiche di sopravvivenza.

La lettura assidua di romanzi storici e la passione per i siti archeologici di ogni genere, ben presto risvegliano una prepotente vocazione letteraria, il "tormento" per la scrittura. Rivela così un estro incomparabile nell'usare l'immaginazione, rendendo tutto ciò che lo circonda un racconto da leggere, una metafora, un intreccio che tiene con il fiato sospeso, come accade in questo suo primo romanzo "Il tesoro della fenice", pubblicato da Aurea Nox e ambientato nella Catania storica. Il romanzo è costruito attorno a una delle icone più amate della sua città.

Sommario

IL PROGETTO ETICO DI AUREA NOX

AUREA NOX è un progetto etico collettivo nato in rete nel Maggio 2021 da un'idea di Grazia Velvet Capone che ha ideato e realizzato anche tutte le elaborazioni grafiche.
Le energie creative del gruppo confluiscono nella collana-esperimento evolutivo chiamata **AVALON - Terra Sacra**: un luogo letterario dove gli autori si confrontano con un tema comune. È nata così l'idea di creare una pubblicazione ritmica, legata alla ruota dell'anno, adatta a tramandare forme-pensiero di profonda e assoluta ricerca evolutiva.

Una virtuale unione di intenti. Un Seme che diventi Quercia.

Di seguito ecco le altre collane editoriali

- BEE BOOK - SII UN LIBRO - Collana per bambini
- SEVEN DOORS - Sviluppo spirituale
- BREVIS - Saggi e Racconti brevi
- LYRA - Poesia
- HELOQUENCE - Diari, Romanzi, Manuali
- TRIBAL - Viaggi, Magia, Territori
- AUREA MAGISTRA – Percorsi storici

Per contatti, richieste e collaborazioni:

Mail aureanox@libero.it
Gruppo Facebook Aurea Nox - Scrittori – Editori